Laia

Col·lecció universal de butxaca
El Cangur, 22

Salvador Espriu

Laia

Unes esvanides ombres del nostre mar

Edicions 62, Barcelona

Amb anterioritat a la revisió de *Laia,* feta per l'autor l'any 1967, aquesta novel·la havia estat publicada per Llibreria Catalònia (1932), per «Quaderns Literaris» (1934) i, dins *Anys d'aprenentatge,* per Editorial Selecta (1952).

Laia aparegué a la col·lecció «El Balancí» el 1968.

Coberta de Jordi Fornas.

Primera edició dins «El Cangur»: maig de 1976.
Dissetena edició: novembre de 1987.

Drets exclusius d'aquesta edició (incloent-hi el disseny de la coberta):
Edicions 62 s/a., Provença 278, 08008 Barcelona.

Imprès a Hurope s/a., Recared 2, 08005 Barcelona.
Dipòsit legal: B. 36.831-1987.
ISBN: 84-297-0295-4.

I. Laia

Com que ningú no es va preocupar mai gaire d'ella, havia passat la infantesa deixada a la bona de Déu. Quan encara no tenia dos anys, va estar malalta d'una malaltia estranya que la menà a les portes de la mort. El metge parlà d'alcoholisme, de les lleis de l'herència i de nervis espatllats, pronuncià amb èmfasi el mot «desconfiança» i deixà la família esbalaïda i plena d'agraït respecte pel seu saber. Després d'aquell pronòstic, pocs creien en les possibilitats de salvació de la petita, però aquesta es va refer i va créixer esprimatxada, rampelluda, esquerpa. Li agradava de passar-se hores i hores de cara al mar, indiferent al que la voltava, amb un posat impenetrable, impassible, gairebé d'idiota. En desvetllar-se, semblava algun cop fatigada, com si hagués fet un gran esforç. Altres vegades, i sobretot si algú gosava importunar-la, fugia cridant com si la torturessin i queia, estremida de convulsions, enmig del sorral i de les barques.

Les crisis d'abatiment alternaven amb curts períodes d'una activitat esvalotada. Mentre s'hi lliurava, la nena era arriscada, forta, decidida, apassionada, temuda per les seves ires i obeïda per la seva colla amb una fe cega. A les lluites desesperades amb pedres i mandrons era ella la primera. Infatigable, anava al davant en tots els jocs i es ficava en totes les baralles. Preferia la companyia dels nois a la de les noies, nedava des de sempre com un peix i estimava el mar i tot el que s'hi relacionés. Es rodejava de salabrets i nanses i sabia endegar tota mena d'ormeigs. Coneixia el temps i no s'errava mai en assenyalar els canvis del vent, tant si havia de ser l'oreig que porta calma i serenor al mar, com garbí, o llevant, o xaloc, el perillós xaloc que sovint desencadena temporals desoladors.

Però aviat tornava a la immobilitat i a la desesma. La seva mirada s'aprofundia, i sobrevenien la lassitud, la demacració i els tremolors nerviosos. Quan no es podia valer, era maltractada per venjances covardes i perseguida amb odi pels qui més la temien. Aleshores, malaurada i miserable, estava a mercè de la crueltat de la gent, avorrida de tothom, faltada en absolut de protecció.

Era filla de pescadors i va ser batejada amb un nom que ningú no recordava, però li deien Laia. Era la filla d'uns pescadors del nostre mar.

II. La fondalada dels garrofers

Feien una cantarella lenta i mandrosa com un badall. Les veuetes de la quitxalla desentonaven.

«A la una, la mimula. Qui toca, para.
A les dues, grans corrues.
A les tres, el mut salta i no diu res.»

Temps d'estiu. La calor s'arrossegava fins als portals ajustats de les cases. Un gat ensonyat s'espantava les mosques.

«A les quatre, la cua de la rata.
A les cinc, ara ja et tinc.»

Tot el matí reposava en la calma i espurnejava a les aigües de la badia.

«A les sis, llis, llis com una malla.
A les set ve en Miquelet
amb les mans a la butxaca,
visca el capità Tomaca!»

Arribava de les cuines obertes l'oloreta del sofregit de la paella, amb els espetarrecs de l'oli i la farina. Els nens jugaven a saltar i parar.

«A les vuit, un bon bescuit:
qui piqui més que el rei, para.
A les nou, un tall de bou:
qui piqui més que el rei, para.»

Esclataven uns plors.

—M'han fet mal, mare, m'han fet mal.

Una dona sortí, enfurismada.

—Què li heu fet? On, digues, on?

El noiet es gratava les anques.

—Aquí.

—Qui ha estat? Digues-ho a la mare.

El petit es tombava amb rancúnia.

—Aquesta.

Laia protestava:

—Qui, jo? No és veritat.

Els altres acusaven:

—Que sí que ho és, que sí.

La dona amenaçava:

—Ja veuràs, maleïda, si t'agafo. On va aquest serpent? Sempre ha de ser ella.

Li corria al darrera. La noia li feia pam-i-pipa.

—Elis, elis.

La dona encalçava Laia i l'atrapava.

—Diantre de mossota, a veure si... Té i té.

Li ventà dos clatellots i li estirà les orelles.

—Perquè te'n recordis.

S'ajupí, sol·lícita, fins al seu fill.

—Tu no ploris més. Moca't.

—No porto mocador, l'he perdut.

La dona s'aïrà:

—Com, amb quina cara ho dius? A veure si t'encasto una galeta.

La plantofada queia molt sonora. Nou devessall de llàgrimes del petarrell. La mare se'n dolia:

—Prou, no exagerem, calla.

Li donà un xavo.

—Té, per a pega dolça.

I se n'anà molt satisfeta. Els bordegassos saltaven.

—Seguim, seguim.

«A les deu, el Manteu,
el Manteu, que té una filla...»

Vermella, agitada, Laia els prometia:

—Me les pagareu.

Els altres no la sentien.

«A la plaça de la Llana
hi havia una gitana
que ballava la tururura.
Sant Josep i la criatura,
l'albercoc i la figa madura.»

La cantarella es va allunyar. Acabava:

«A les onze, santa Maria cau
i no s'enfonsa.
A les dotze, santa Maria cau
i s'enfonsa.»

Recomençaven, i la distància afeblia les veus:

«A la una, la mimula. Qui toca, para.»

La petita tropa enfilava un carrer veí i davallava a la fondalada dels garrofers. Pols de rial, parets de vinyes i hortes, les hortes rialleres de la costa, florides com un jardí. Les sargantanes prenien de ple a ple el sol i s'ensopien, marejades de vinassa de llum, oblidades de l'etern cuejar. Romaní, menta, claps de ginesta: la flor, d'un groc clar, molt senyora enmig de l'enganyosa vulgaritat del ginestell. Unes atzavares amagaven les punxes darrera les roques i deixaven arreu una nota aspra, exòtica, lleument desolada. Gatoses.

La colla corria agafada de mans i s'entrebancava amb les arrels dels garrofers. Dels arbres sacsejats queia una pluja de fruits negres. Els vailets els collien i els rosegaven.

«La sardana de l'avellana...»

La colla es desfeia sota els brancatges. Començaven partides de marro-titiu i de fet a amagar.

—Ja s'hi val!

Un romancejava:

—No, no encara. Ep, tu, no filis.

—Qui diu que clisso?

—Fes-te el desentès, mira-te'l. No, ca, que t'enganyen. Així sí que ens trobaràs de seguida.

—Em dius trampós? Vejam si t'espinyo.

L'altre decidí:

—Plego.

Veus:

—I jo.

—I jo.

—I jo també.

S'asseien a les soques dels arbres i pensaven què farien.

—I si abastàvem nius?

Pujaven àgilment pels troncs fins a les branques més altes. Reien.

—Ja n'he trobat un. Les cries encara no tenen ploma.

Piuladisses. Se'n cansaven aviat, no sabien altre cop què fer. Proposaven:

—I si ens en tornàvem?

La colla sortia de la fondalada i es dirigia cap a mar.

«A les tres, el mut salta i no diu res.»

Una veu, ronca de sorpresa:

—Mira.

Tots es varen aturar.
—Són de les roges.
—Que grosses!
Havien trepitjat un formiguer, i el formigam s'escampava en l'intent de salvar el graner i les larves. Les mans sense pietat de la quitxalla furgaven la terra amb barroeria.
—Noi, n'hi ha també d'alades.
—Ui, com piquen!
—Com es barallen, aquestes dues!
—Li he arrencat el cap, i encara mou les barres.
Refregaven les bestioles entre els palmells i respiraven amb delícia la fortor dels cossos.
—Fixa't en aquesta.
—Sembla que porti un gra de mill.
Una grassa formiga arrossegava amb molts esforços una llavor. Els vailets la vigilaven.
—Treballa, treballa.
Ja guanyava el cau. Els sotjadors s'engrescaven.
—No et pensis pas que puguis fugir.
Una unglada.
—Encara remena. I això que suqueja.
Laia intervenia:
—Deixem-les estar. Au, seguiu-me.
Tots l'obeïen. El rial desembocava a la platja, i les ones eren ja al davant, molt properes. La noia recordà:
—Avui havíem de topar amb els de Santa Tecla.
—És veritat.
S'havien esporuguit de sobte i s'aplegaven entorn de Laia. Ella els menyspreava:
—Què faríeu sense mi, covards.
Manava:
—Arreplegueu pedres i pals. Afanyeu-vos, apa!
Arreplegaven palets regalimosos de salabror. S'endinsaven rial amunt, a trencar canyes seques dels canyars, allí molt abundants. Amb ganivets les polien i després varen reprendre els jocs. Feien clots a la sorra i anaven de tomballons per la platja.

«A les sis, llis, llis com una malla.
A les set ve en Miquelet
amb les mans a la butxaca,
visca el capità Tomaca!»

El sol foradava les aigües i emplenava de bombolles lluminoses el misteri del mar. Estrident monotonia de cigales al turó de Santa Tecla. El poble s'estenia per la vall i es voltava de suredes i de pàmpols. Més lluny, la carena, negra, amb tot de masos i d'ermites: Santa Marina, Torrents, Ribes Altes, el Remei, Puig Arnau i el casal fort de Pujol Vell, l'antiga baronia d'aquelles terres, ara en runes i embolcallat amb el cant del cucut i el silenci de les heures.

I el triomf de l'ample mar s'endinsava en l'infinit i es perdia a banda i banda en la llunyania, més enllà de la llambregada de l'esparver i de l'aligot i de la guaita de la muntanya.

Les aigües acollien la carn, envernissada de suor, dels vailets. Es capbussaven, s'esquitxaven, es reptaven:

—A veure si em guanyeu, nedant.

—Tant xerrar, i no fas ni una braçada seguida.

De la sorra estant, Laia els advertia:

—Els de Santa Tecla.

Els contraris venien a corre-cuita. La colla de Laia sortia amb llestesa del bany, i tots esperaven l'envestida. Hi havia guerra des de sempre entre els dos pobles. El de marina nasqué de Santa Tecla. Santa Tecla envejava el mar, que havia estat seu i que després havia perdut.

—Han passat com el llamp l'obaga de les Calvàries. Així es trenquessin la nou del coll.

—Ja els tenim aquí.

Els de Santa Tecla encara eren lluny, i el crit de guerra ja ressonava:

—Calderins!

Els de mar contestaven:

—Patacots!

Era la salutació tradicional. La corejaven amb entusiasme i donaven a les veus enronquides inflexions d'una ferocitat falsa. Els de Santa Tecla atacaven, frisosos d'enllestir la colla de Laia. Anava davant, dirigint-los, el Negre Xomaco: garrell, boca de fel, el cap ple de blanques cicatrius, fanfarró.

Brunzir de mandrons. Auguris:

—Avui rebrem.

—Em pensaria que sí.

—Aquest Xomaco té males puces.

Laia somreia molt feliç, desbocada la sang salvatge. Assegurava:

—No us heu d'espantar, són pocs.

S'atrinxeraven als sots de la sorra. Els rocs no els podien tocar i rodolaven, aviat sense força. L'enemic bramulava amb un coratge inútil:

—Atanseu-vos, gallines, traieu les banyes.

Laia manava:

—Ara.

Uns quants es posaven drets.

—Va.

Cridòria de l'enemic.

—Hem fet algun trau.

El Negre Xomaco renegava:

—Ensucrats, ja ho veureu.

Envestien cos a cos. En Nissos, el més petit de la tropa de la mar, s'esfereïa:

—Mare! Ai, la mare!

Xoc de les dues colles. Cops, mossegades, sang. S'abraçaven, s'omplien de sorra les boques, amb les canyes s'apallissaven.

—Prou!

—Anem, ja són nostres.

—M'han buidat un ull.

—Avancem.

El Negre Xomaco era enfront de Laia. Els braços del brivall subjectaven fortament i oprimien la noia. De sobte, una inexplicable paràlisi colpia el Xomaco. Laia se n'aprofitava amb llestesa i en un moment capgirava la situació.

—Dóna't.

Ell no ho volia.

—Dóna't.

—Ai, ai, em dono, sí!

Els de Santa Tecla reculaven.

—Negre, no hi ha res a fer.

—Prou, ja n'hi ha prou.

Victòria de la colla de la mar. Els de Santa Tecla sortien de la platja i tornaven al rial. El Negre Xomaco els seguia d'esma.

—Calderins!

—Patacots!

Sel's menjà l'ombra dels garrofers.

Els vencedors es rentaven les nafres al mar.

—Els hem passats talment per la pedra. Sort de la Laia.

—Sort de la Laia? I nosaltres què, no hem fet res?

—No siguis ruc, Quelot.

—Sí, no siguis ruc.

Els vailets s'apartaven de l'envejós.

«A les deu, el Manteu,
el Manteu, que té una filla...»

El qui parava es lamentà:

—No carregueu tant. Qui és aquest?

—És el Bassot, que està molt gras i s'encalla.

—Doncs que no salti.

Laia, passada la lluita, s'havia ajagut a la sorra i contemplava el mar sense veure'l. Se li allargava la cara, molt afinada i groga, i els ulls se li empetitien. Mentrestant, els nois jugaven ben distrets.

«A la plaça de la Llana
hi havia una gitana
que ballava la tururura.»

Xiscles. Els vailets esbrinaven:

—Què és?

—La Laia, que ja té el mal.

—Com baveja! I la llengua li surt com si fes mofa.

La voltaven. Un recordà.

—A mi, l'altre dia, m'estirà els cabells.

—A mi m'etzibà un cop de puny.

Grapades.

—Serp, serpent!

—Anem, que és de malastrugança.

Fugien. El sol cremava la plana i encenia també la carena. Les veus de la quitxalla despertaven el poble.

«Sant Josep i la criatura,
l'albercoc i la figa madura.»

A la platja, Laia, sola. El mar i el cel s'esborraven, i no hi havia sinó una rialla, la rialla del sol, una destral a les carns de la noia. Aigua propera, i la llengua refregava la sorra eixuta, i tan propera com endevinava l'aigua! I l'esmicaven milers i milers de formigues, de formigues roges, aquelles roges formigues que havien suquejat. Un vesc espès la untava i atreia damunt d'ella uns estranys i insuportables sorolls. Penetraven alhora i s'immobilitzaven endins de les orelles, emplenant-les com venjatives formigues uns enemics caus presos per assalt, l'eixordadissa de la colla contrària, les diverses aguditzades remors del camp, l'engrandit eco del cantussol del joc dels companys. A la una, la mimula, qui toca para. A la una, la mimula, quina set!

Es varen escolar unes quantes hores en la solitud. La rialla del sol empal·lidia i joguinejava, enmig d'heures i de runes, al casal fort de Pujol Vell. Laia es redreçà. S'alçava i anà caminant a poc a poc cap al poble. Tentinejava, ensopegava, tremolosa, cansadíssima. Al seu davant, el turó de Santa Tecla s'enfonsava de ric-ric de grills. Passà la fondalada dels garrofers, i ara els fruits no la temptaven. Un carrer.

—D'on ve, aquest gallimarsot?

—Sempre darrera els bordegassos. Ja en deu haver feta alguna.

—Duu els vestits rebregats.

—Potser el mal.

La badia se li mostrava, oberta, segura. Les barques fregaven la calma de les aigües blaves. El cel era també blau, però lluny, a la carena, es mantenia rogenc.

Laia tustà a una porta. La mare sortia.

—Ets tu?

Topava amb les parets, embriaga, i ho empudegava tot d'aiguardent.

—Ets tu? Vés-te'n al llit, grandíssima, no tastaràs res.

Laia s'esquitllà. La dona es queixava:

—Aquesta m'ha de matar, m'ha de matar.

Ho deia convençuda i s'amorrava a l'ampolla, per oblidar. S'entossudia:

—A qualsevol moment se'm nuarà el bocí. M'ha de matar.

A les golfes, en la tenebra, Laia encara tremolava, molt malalta, desemparada. Corredisses de ratolins. Una espurna de llum d'una estrella entrava per una escletxa i consolava una mica Laia.

III. Canvi

Ara la llum s'estenia arreu i ho emplenava tot. Voltada de vailets, Laia corria d'un lloc a l'altre. Era una cursa a l'aire lliure, sense fi ni objecte, sols pel plaer de sentir com la pròpia joventut vencia amb seguretat tots els obstacles. Pujaven per un camí de cabres, aspre, al Mal Temps. Un de la colla es parà.

—Escolteu.

La lenta crida d'una campana. Signaven:

—No hi ha pas ningú, a dalt, avui.

Havien vacil·lat.

—Què fem?

—Endavant!

—I si la bubota ens arreplega?

Laia va riure.

—M'agradaria de clissar-la.

Avançaven. Al cim, una ermita. Un vot vilatà l'havia bastida, en recordança d'un vell miracle obrat pel pelegrí sant Roc. La ingènua devoció popular l'edificà al mont del Mal Temps, en un lloc enfront del cementiri, un lloc maleït que va ser confiat a la protecció del taumaturg. Era un turó ventejat pel xaloc i les tramuntanes, una roca calba, sense cap arbre. A sota, un espadat que la mar gratava. Esquifida i menuda com era, perduda com una taqueta blanca a la muntanya trista, l'ermita resistí amb braó el pes dels anys. Després de centúries, ella era allí, com el primer dia, blanca, ferma, inalterable. L'ermita va ser el puntal de la defensa del poble, durant la guerra del Francès. Als seus murs encara hi havia els senyals de les bales i de la sang vessada a dojo, la sang de moltes vides malaguanyades, però els invasors no varen poder entrar al seu recinte. La pietat dels fidels patriotes veié en la feta remarcable una clara protecció del cel. Tots els anys, per la diada del patró sant Roc, el poble commemora amb un aplec la victòria.

Passa el temps. Una vegada, prop de l'ermita, cau un llamp. No la toca, però l'espetec la fa trontollar i la flama en socarrima les parets. Creix la fe dels creients, una fe ara barrejada amb por. Un veí sent a deshora un gemec i un llunyà arrossegar de cadenes. Una vella veu de sobte, quan collia herbes salutíferes entre dos llustres, un foc de ciris i un gros taüt obert, dintre el qual es belluga una mà tallada. Els prodigis no acaben aquí. Un fantasma s'apareix a un comparet que tornava de la feina. L'home fuig com un esperitat i conta, perdut el plor, la visió esgarrifosa. La gent discuteix, s'apassiona. Els esdeveniments actuals es relacionen amb les antigues llegendes d'abans de la fundació de l'ermita. Algú parla d'ànimes damnades, s'esmenten casos semblants, es personalitza. Molts sospiten d'algun cadàver de gavatx que no ha trobat repòs. Aquest raonament, acollit al principi, aviat no satisfà l'anhel de meravelles de la vila. Es furga amb dolenteria en la història bruta del poble, els draps amagats lluen al sol. Es perd la filiació del fantasma, assignada alhora a mil casals diversos. La curiositat subtilitzava i degenera fàcilment en baralles. Algú inventa, per posar pau, una processó d'esperits, i s'esdevé que cada família és representada a l'estranya comunitat: així a ningú no li serà lícit de queixar-se. L'esvalot augmenta. Tothom rivalitza a destriar de la corrua infernal el dissortat parent indesitjable. El dubte s'aferra a totes les consciències, s'enderroquen els més sòlids afectes d'ultratomba. Es valoren els actes més febles i la paraula més petita del germà, del fill, del pare morts. La gent hi descobreix una transcendència i una mala intenció que en realitat no tenen, s'esborrona i ja ho creu tot possible. Sorgeixen juguesques. Un valent s'oferia a anar a l'ermita, de nit, per esbrinar els misteris. Surt armat d'un ganivet i un garrot. Blasfema:

—Ni sant Roc no m'atura.

El seu xiulet ressona alegrement en la tenebra, però al matí encara no ha tornat. Quan a migdia els companys el van a auxiliar, el troben ert, caigut a bocons, amb el seu mateix coltell clavat al cor. Un sentiment de terror s'apodera del poble. El rector hi intervé i fa clausurar l'ermita. Oblit i silenci de jorns. Després d'una generació, el culte a sant Roc és restablert, i la plàcida imatge és adornada novament de garlandes, per la seva festa. Es lloa el seu poder màgic, la pugna del sant amb les caòtiques potències del mal. Per mitjà d'almoines i d'ofrenes, el poble procura de fer-se'l propici. Es tornen a elevar pregàries a la seva capella, unes pregàries temorenques, rituals, encarcarades. Ningú no gosa al vespre atansar-se a l'ermita. I a les nits de fosca, el vent bramula eixordador per les escletxes.

—Toquen soles.

Les campanes persistien, molt properes. La colla s'aplegava i formava rotlle, esglaiada.

—Aquí no hem de fer res.

Un lladruc. Empal·lidien.

—El ca del dimoni.

S'imaginaven com els encalçaria el gos maligne, un monstre empeltat de boc, de llop i d'home, segons la creença. Les seves mossegades desvetllaven la ràbia, una ràbia inguarible que xuclava de mica en mica i convertia la víctima en una bèstia fera, mentre la feia rebolcar enmig de dolor i mai no l'acabava de matar. La colla cuitava a amagar-se. Laia se'n mofava.

—Esteu segurs que el sigui?

Cridava:

—Té, quisso, té.

Un cadell esquifit, de cua escapçada, sortí de l'ermita, festós, al seu encontre. Els bordegassos s'avergonyien i ara parlaven alhora, plens de coratge:

—El «Sinsobra», el gos del sagristà.

—Jo ja havia conegut que l'era.

—No estava pas gens espantat. Que t'ho creies?

Baixaven pel vessant que donava a la badia. Sol jove, ni un núvol. Les barques s'adormien al sorral, esperant l'hora de la fusa. Els vailets xipollejaven en la transparència de l'aigua i s'engrescaven a la recerca de tresors de petxines. Laia no els seguí. Es quedà sola, closes les parpelles, com si contemplés una imatge íntima i esborradissa. Va somriure, perduda en el record del seu somni, i es va desfer dels vestits fins a la nuesa, una magra nuesa d'adolescent, prometedora de plenitud. Un raig de sol acaricià la finor de les cames, saltà al front, relliscà per una galta i caigué per la corba incipient del pit.

Mentrestant, els vailets seguien adelerats en els jocs, enfeinats a arrencar de l'abraçada de l'areny i de la pedra les nombroses troballes. Celebraven a crits la pacient captura i comunicaven a Laia, sense alçar el cap, el nom i la grandària de cada marisc. Un d'ells la va veure. Es va quedar mut, sense gosar moure's. Després, tombant-se als altres, advertí:

—Mireu la Laia.

Ho abandonaven tot i es posaven de puntetes per veure-ho millor. Ponderaven en veu baixa la sorpresa, no sabien què dir.

—Carat, noi, la Laia!

Varen ressonar a la platja els passos d'un pescador, un vell murriot i baladrer, gruixut de pell i d'intenció, tossut, alt i malparlat, a qui agradaven el joc, el vi i les dones. En veure Laia, s'aturà en sec, es va treure la pipa de la boca, escopí, es gratà el bigoti i s'assegué, lluint-li molt els ulls, a la sorra ardent.

Laia sentí que era mirada. S'estremí i es capbussà en les ones, que l'acolliren amb una remor suau.

Ja no va ser més la Laia d'abans. El temps llimà i anà polint les aspreses del seu tarannà, les convulsions desaparegueren. Ara no anava bruta i esquinçada i es convertia en una noia bonica. Del passat li quedà tan sols una mena de rigidesa i una expressió als ulls, indefinible.

La gent assistí a aquest canvi amb una certa rancúnia, en veure que se li escapava un objecte de la seva crueltat, però s'hi acostumà de seguida. Només les amigues, envejoses de l'esclat actual, esmentaven a les converses, amb posats d'una satisfacció ja inútil, la misèria antiga.

De mica en mica, Laia s'apartava dels nois de la seva colla. I a les vetlles, asseguts en la foscor dels portals, els pescadors la sotjaven quan passava.

IV. Quelot

En Quelot es va despertar quan tot just clarejava, saltà del llit, es calçà les espardenyes i anà a obrir el finestró, l'únic forat per on la llum entrava a la cambra. Mirà enfora. El mar es començava a desvetllar, i lluny, a l'horitzó, s'endevinava la sortida del sol. L'home es digué:

—Quina calma! Avui no anirem gaire endins.

I s'apartà de la finestra per vestir-se. Un cop enllestit, baixà. Els seus passos retrunyien per tota la quietud de la casa. La seva alçària es projectava a les parets, i ell es tombava a sotjar la pròpia ombra amb malfiança. Anà a l'eixida, treia aigua del pou, partí llenya i va encendre foc. El gall baladrejava al galliner, les gallines corejaven l'esvalot. A fora, una veu d'home cridà:

—Au, tu, fa estona que hauríem d'haver sortit, fes via.

En sentir-ho, en Quelot va fer un gest de malcontentament. Aquell Esteve sempre l'havia de destorbar quan més capficat estava. Que el deixés tranquil. L'altre s'impacientava:

—No et dic que ja és hora? Que encara dorms, potser?

En Quelot mormolà de mala gana:

—Vinc.

Però no es movia. Què se li'n donava, ja, de tot? I s'ajupí i partia llenya d'esma: aquesta feina l'ajudava a pensar i li estimulava la imaginació lentíssima. Que estrany, el que li passava! En Quelot era d'escasses paraules i moviments cançoners, lleig, gravat de cara, des de molt jove patró de pesca. La seva massissa figura de mascle espantava i atreia alhora les noies, mig desitjoses de posar a prova la seva brutalitat. Elles l'empaitaven amb mofes subtils, no enteses per ell, però rigudes amb fàcils rialles de nen.

De sobte, sense saber com, perdé la tranquil·litat, la bàrbara gana, les ganes i el deler de treballar. No, no sabia com fou, perquè ell coneixia des de sempre la Laia. Com els altres nois de la seva edat, l'havia obeïda i temuda. I, també com els altres, l'havia apallissada quan li agafava el mal. L'havia apallissada fins i tot un mica més que els altres, perquè era el qui més avorrí la Laia, de petita. Li envejava aquella eterna voluntat de manar i es dolia de no ser ell el capdavanter als jocs i a les baralles. En Quelot mai no aconseguí del tot aprendre de lletra, i a l'escola el mestre li deia que era un ruc. Era certament molt ruc i molt fort, tant, que ningú no gosava escometre'l. Els altres nois el nomenaven, per la seva força, capità a totes les entremaliadures. Va conquerir a cops de puny una fama ben justificada de brivall, compensació dels seus fracassos d'estudi. Era el turment d'ocells, ciris i rectors, i a la tradició del poble es perpetuà el record de les seves malifetes.

Un dia, la Laia, un sac d'ossos, s'atansà coixejant a la colla. Es ficà enmig de la mainada i començà a manar tothom amb una veu d'espinguet imperiosa i seca. En Quelot provà de protestar. Amenaçà la intrusa de rebotre-la contra els rocs, assegurà inútilment que allí era ell l'amo. La noia l'esguardava de fit a fit, i la voluntat d'en Quelot s'afeblia. I no gosava moure's, dominat pel glaç d'uns ulls.

Des d'aleshores no l'obeí ningú. Vençut, demanà, molt humil, a Laia de ser admès com un de tants a la nova banda. Després d'enderrocar-lo, la noia li parlava amb altivesa i el tractava tothora amb menyspreu.

L'home ho recordava tot prou bé. Era estrany que l'hagués odiada? La seva mare, una vella pescadora espantadissa i devota, el va advertir:

—Aquesta noia em fa por, vés-hi amb compte.

Ell no la comprenia. La dona va remoure distretament les cendres de la llar i afegí:

—Aparta't d'ella, creu-me.

I en Quelot fugia, fent cas del consell, de la Laia, temorenc del seu confús poder, fins que, una vegada, temps i temps després, la mirà sense rancúnia ni odi. El cel, el mar i la terra varen perdre per a ell sentit i color. S'entristia sense motiu, treballava a contracor, no tenia sinó el desig de veure-la. Sí, la volia veure sempre i pensava en ella ahir, i abans, i aquest matí també.

V. Pesca

En Quelot va passar de l'arborà a la banqueta i deixà els rems. Feia calda. El mar era una quieta planura. Clapes grisenques, vermelloses, fosques. De tant en tant, la immobilitat d'un llagut o d'una barca palangrera i la verdor d'un remolí prop d'un niell. A la costa, un turó plantat de vinya i la caiguda d'una pineda enmig de roques. En Quelot s'ensopia i mandrejava, dominat per les cabòries i el seu desig. Al seu davant, l'Esteve s'afanyava a plegar la vela, lligant-la amb els botafions, i començà a parar els ormeigs, que ja tardejava i calia enllestir la pesca. Era un home inquiet, d'ulls lleugerament estràbics, de cabells espessos i xops d'oli, de nas recte, de geni viu, d'intenció verinosa. Badallava amb freqüència, per ensenyar l'or barroer de la dentadura. Era llest i s'ho creia, estava envanit de si mateix, sovint mentia. Es contaven d'ell moltes històries de jocs i d'escarnis, i l'Esteve ni n'afirmava ni en negava mai res. Si algú en parlava, ho acollia amb suficiència, pàl·lid i fred, i amagava amb riotes la por del descobriment.

Hi havia arreu un serè silenci, trencat pel vol i el crit de les gavines. L'Esteve llançà el ruixó a l'aigua per fondejar la barca. Cridà a en Quelot:

—Au, ajuda.

L'altre no es movia.

—Què et passa? Encara rumies la teva dèria?

En Quelot s'enfurismà:

—I a tu què t'importa? Deixa'm.

L'Esteve va riure, galtagroguenc:

—Que potser mai no t'has vist al mirall? Treu-te-la de la clepsa, no desvariegis.

Però en Quelot no l'escoltava, i en tot el dia l'un i l'altre ja no es varen parlar més, fins que la primera estrella parpellejà damunt la gran calma del mar. Les barques se'n tornaven a jóc, acabada la feina. Aleshores, l'Esteve retirà de les fondàries nanses, garbitanes i morrenells, amb abundor de mòlleres, de sèpies i de pagells, de rogers i bogues. La barca balancejava, aixafada pel pes del peix, enlluernadora de lluïssor d'escates. L'Esteve hissà veles. Fins a ell pujà l'ofec d'aquelles humils vides. Assegurà, satisfet:

—Bona pesca.

Un serrà, petit i lleuger, relliscà per la fusta salada. Va fer un salt i es perdé, botant, per la llibertat de l'aigua.

La barca avançava molt ràpida i trencava amb soroll la solitud del mar. Quedaven endarrera planasses i sapes. La barca vorejava els esculls, fregava el perill de les seques i fugia del parany callat de les anquines. De sobte, la platja i la blancor del poble.

Arribaven de lluny la cantúria d'un pescador i la ploralla d'un nen. Tota la vila sortia a rebre la pesca. Desmallaven la sardina i emplenaven semals i paneres de llagostes, petarcs, lluços, congres, jodrioles, morenes, guiules. La mainada corria i s'entaforava als clots de la sorra. Uns s'empaitaven a crits. Uns altres menjaven pa amb mel, pebrots i arengades, i l'oli regalimava, gola endins, i hi havia sentor d'all i de musclos, de gambes i de vi.

Un vell de cara secardina, amb una cama de fusta i una llúpia al front, passejava per les barques una austera mirada i deia la seva alegria per aquesta tongada de pesca:

—Convindria que el mar es mantingués així.

En Quelot saltà a terra amb presses. Uns companys el varen entretenir un moment a la platja, però es va perdre aviat per la fosca d'un carreró que desembocava en una placeta, on hi havia una font. A la seva vora, Laia esperava, asseguda, que s'omplissin uns càntirs. Ell s'aturà al darrera de la noia i es quedà molta estona esguardant-la de fit a fit. Laia es tombà i distingia l'home en la tenebra.

—Què vols? Digues què vols.

Cap resposta. Una gropada d'altans portava amenaces de mal temps.

VI. Mossèn Gaspar

Mossèn Gaspar netejà amb calma les ulleres, va treure tabac, el polsà i esperà l'esternut alliberador. Va reprendre després la lectura començada i se submergí aviat en l'harmonia dels versos llatins. Llegia Horaci. Un somriure li pujava als llavis, i hi havia als seus ulls una ombra de recança. Digué, tot pessigant-se amb suavitat les galtes vermelloses:

—El meu desig també fóra aquest: una llenca de camp on hi hagués un hort. I prop del mas, una font d'aigua contínua. I a més d'això, una mica de bosc.

Va alçar la mirada, i els ulls varen reposar en la blavor del mar. Un oreig de setembre entrà per la finestra oberta i portà al front de mossèn Gaspar la consolació d'una prometença llunyana. Una papallona escampava per la cambra el polsim de les ales. Refilà un canari, brunzí una mosca vironera, tocaven hores al campanar de l'església veïna. Mossèn Gaspar caigué altre cop en meditació. Tornà a mormolar:

—I prop del mas, una font d'aigua contínua.

Era de mitjana edat, alt, ni massa gras ni massa magre, lleugerament esquenut. Duia una sotana vella, molt sargida, per sota de la qual se li endevinaven les calces, d'un vellut modest i desllustrat. Mossèn Gaspar no vivia content, el turmentava una secreta angoixa. Feia molts anys que era rector a marina, i mai no s'hi havia arribat a acostumar. Perquè ell no va néixer ran del mar. Ell es crià enmig de torrenteres i de cingles, a l'alta muntanya, on no creixen oliveres, ni llimoners, ni tampoc el raïm. Terres de blat i de castanyers, de fesols, de freixes i nogueres. L'aigua amarava els prats, plens d'herbes, de vimeteres i pollancres. A l'hivern, les vetlles vora la llar i el pas de la neu fins a la porta. A l'estiu, els corns de la sega tardana i el misteri dels focs sota la nit estrellada. A la tardor, la caça del senglar i la festa del patró sant Martí. A la primavera, el conreu del terròs i els tons del verd renascut als arbres. Lladrar de gossos, ric-ric de grills, esbufecs d'òlibes, de mussols, de xots, de ducs, de miloques. I les postes resplendents, aquelles postes que no oblidaria mai, la claror d'un silenci romput per les esquelles del ramat que pastura.

—I a més d'això, una mica de bosc.

Mossèn Gaspar paladejava les paraules amb golafreria. Es veia vorejant un camí polsós, solitari, voltat de cims i de grisor d'alzines. Una roca pelada, com d'esquena d'ase. I al fons, feixes de secà i de regadiu i l'ajocada quietud de la masia. Capvespre, recolliment. Ell entrava sense dir res i s'asseia al banc de pedra del portal. I després les salutacions, el renill de l'euga, l'espessor de la llet de la vaca acabada de munyir i les tallades regalimoses de la xíndria, que esborraven dels rostres la suor del treball de la tarda.

Va ser despertat per una veu. La majordona se li atansà: fresca, encara no madura, enllardufada de tafaneria. Un home el volia veure. Mossèn Gaspar preguntà distretament:

—Un pescador?

La majordona contestà amb profusió d'escarafalls:

—És en Quelot de ca la Pepa Coixa. I ve...

Els ulls severs del capellà la deturaven:

—Digues que entri.

En Quelot era ja a la porta. Venia abatut, el pit enfonsat, ullerós. Mossèn Gaspar s'alçava a rebre'l i el va fer seure. Els dos homes es quedaven sols. Al forat del pany, l'orella de la majordona, enganxada.

En Quelot no sabia com començar. Es basquejava per atrapar a la memòria les paraules triades. A la fi ho esberlava: creia en encanteris, el senyor rector? L'altre es va sorprendre i ho pensava. Sí, és clar que hi creia, almenys en els del camp, de la pedra, de l'ocell, de l'heura.

—Per què ho dius?

En Quelot es movia amb inquietud i amollava les seves pors i el seu neguit. El rector l'escoltava amb placidesa i s'adormia, ensopit per la llum del matí. El seu pensament monòton repetia: «Una llenca de camp on hi hagués un hort.» En Quelot ja acabava i demanà:

—Què he de fer?

Els llavis del capellà aconsellaven:

—Casa't.

En Quelot encara esperava. El rector tornà a recomanar:

—Casa't, i que Déu et beneeixi.

Sense afegir ni un mot, el visitant sortí. La majordona l'acompanyava al carrer i sorollava la casa amb la seva xerrameca incansable. Mossèn Gaspar obrí altre cop la tranquil·la elegància d'Horaci i va llegir: «Tant si l'aquiló escombra la terra com si l'hivern arrossega el jorn nevós a través d'un llarg crepuscle, de totes passades hi he d'anar.» El rector deixà de banda el llibre i s'encaminà amb pausa al recés d'un jardinet. Llessamins, roses, gira-sols, clavellines. Presidint-ho tot, la decadència d'una palmera i rengles de tarongers al seu entorn. Mossèn Gaspar allunyà una abella d'un roser i olorava les flors ja esbadellades i les poncelles. Decidí de sobte, amb fermesa:

—De totes passades hi he d'anar, hi he d'anar.

Migdiada. Sol arreu, persecució d'orenetes en la vastitud del cel sense un núvol, lluïssor de la calç a les cases emblanquinades de nou. Una taronja molt madura es va desprendre d'una branca i va caure fent remor fins a terra.

VII. Prometatge

La mà anava i venia dibuixant subtileses amb l'agulla. Es parava, recomençava, es parava altre cop. El treball minvava, i els dits es movien de pressa, delerosos d'acabar aviat. El fil deixava a la roba un camí de fantasia, ja daurat, ja blau, ja groc. Saltava, serpentejava per la blancor de la tela, s'entortolligava, es nuava tot sovint. En la foscor del fons de la capsa lluïa la falsa plata de les estisores. S'estaven molt quietes, callades, ulleroses d'ensopiment. De tant en tant sortien de la presó, tretes d'una revolada, i saltironejaven desfent puntades, camejant grotescament per l'aire.

Freda, recollida, distreta, Laia acomplia la feina sense emoció ni queixes. S'arrengleraven les peces ja llestes, aparellades per a la propera boda. Havia de ser per la tardor, quan els dies curtegen i el temps és bord. No es parlava d'altra cosa al poble: a les vetlles ho comentaven a les tertúlies, als cellers, a les mestrances. Un casament estrany que ningú no entenia. Les noies deien amb despit:

—No sé què li troba en Quelot, no m'ho explico.

I buscaven amb dolenteria tortes raons.

L'Anneta era l'única que estimava Laia. Fina, bonica, quinze anys. Assedegada de saber, amb voluntat de penetrar amb rapidesa el sentit de la vida, confiada i innocent. Endevinava en aquella seva amiga, la Laia, replecs i intencions que l'esborronaven i l'atreien alhora, amb el màgic encant de l'inconegut.

L'Anneta passava estones a casa de Laia. Hi feia puntes, parlotejava, atabalava amb el soroll i l'embolic de boixets i boixes. L'Anneta estimava un noi serè, d'ànima quieta, també pescador. Es parlaven poc, temorosos d'ells mateixos, i es besaven de lluny tímidament, amb els ulls. Amor planer, sense penes. L'Anneta no en sabia d'altre. Cap al tard, l'Anton rondava un carrer i s'aturava sota un balcó. Una mirada rera una escletxa i un clavell roig arrencat d'una clavellina primerenca. L'Anton el recollia i se'n tornava.

Amuntegades als seients de les cadires de boga, camises de madapolam i alguna de fil. En un racó, una faldilla d'indiana i un vestit de llana assarjada. Damunt una calaixera heretada dels avis, unes relíquies voltades de conquilles i cargols marins. A la finestra, una florejada cortina de reps, sostinguda per una barra llarguíssima, de fusta blanca.

Laia embastava un llençol de cotó jumel. Al seu costat, l'Anneta l'ajudava i pensava en l'Anton. Tot clar, tot diàfan per a ella. La nit abans, unes paraules a cau d'orella i la cremor d'uns llavis. L'Anneta trobava lentes les hores, desitjosa que es renovés el que ahir s'esdevingué. La noia no sabia com fou. Nit. L'Anton esperava a baix. L'Anneta cercava amb mà tremolosa la clavellina. Una sola flor, pobra, pansida. La noia en tingué llàstima, li recà de trencar-la. De sobte, es decidia. Baixà de puntetes i es deixava abraçar per l'home. En tornar, li semblà que la clavellina refloria i plovinejava clavells que queien per terra, i s'enfilaven després pel llit, i ho emplenaven tot com una taca de sang.

Venia del rebost un soroll de trencadissa. Laia s'alçà i sortí de l'estança. De seguida retornà.

—Res. La mare, que beu.

Però l'Anneta ja no hi era. Laia escoltà com un trepig s'allunyava pel carrer i es posà de nou a cosir. No hi veia, amb els ulls plens de llàgrimes. Al cap d'una estona entrava en Quelot. Es varen esguardar de fit a fit.

—Què tens?

Laia callava i reprenia la feina. L'home ja no afegí cap paraula més, i tots dos se sentien desgraciats i recíprocament enemics sota el pes d'aquell silenci que amenaçava d'esclafar-los. A fora, el miol d'un gat.

VIII. Noces

Novembre. Tristesa d'una matinada humida, crua, enyorosa de la visita de la llum. Sota la pluja, totes les coses empal·lidien i s'esborraven, com buscant protecció en la pròpia insignificança. El sol urpejava de tant en tant la boira i reculava de seguida penedit, amb vergonya.

Xafogor de tempesta. L'aigua penetrava per les canals i fuetejava les parets de les cases. Goteres a teulades i golfes. Les hores avançaven donant-se les mans, iguals, grises, humils, amb un ritme de dansa molt lenta. Arreu un color pobre, apagat. Remor del pas d'algun vianant pels carrers deserts. Un pescador, un noi, una vella: espectres. Aviat un portal els engolia. Se sentia la fressa de peus, en escurar-se, i la bellugadissa de les claus. Després, altre cop el soroll del silenci damunt el fang, dominador.

Tots Sants, diada de bodes. Les campanes les anunciaven estremides, fent un so rogallós, com estranyades de sentir-se, i arrencaven a gemegar de sobte un plany de mort.

Voltades de l'escalfor del foc, les dones es deien:

—Avui és un mal dia per a casoris. La Laia tindrà un mal dia.

I s'encongien, posant i traient castanyes de la cendra bullent, i s'esbufegaven els dits, embutllofats per la cremor d'una brasa.

L'Anneta ajudava Laia a vestir-se. Les agulles desapareixien en la negror de la llana de merí. Tentinejant, la mare assistia a aquest abillament i rondinava:

—Llàstima de roba per a un dia tan lleig. La deslluiràs tota.

I plorava excel·lències i qualitats, amb tossuderia d'embriaga.

A baix, la parentela, molt seriosa, ensopida en l'espera d'atipar-se. Caps amb crostes i peus de rata, golls, cabells fixats amb llard, encarcarament de camises mal planxades, estretor de corbates i colls nous. Se sotjaven de reüll, no dissimulant la recíproca nosa. Alguna paraula eixuta, tardana, feridora com un dardell invisible. A dalt, les lamentacions de la vella ressonaven sense sentit, poca-soltes. A la fi va aparèixer la núvia, amb la mantellina posada, de blonda senzilla. Sortien com un acompanyament de viàtic. Topaven amb la boira, s'enfonsaven als tolls innombrables. Ja a l'església, en Quelot i el seu seguici esperaven, les orelles roges del fred glacial de la nau buida.

Altar de sant Elm. Or barroc, columnes salomòniques, raïms i penjolls de braços i cames, ofrenes d'anhels i miracles. Al sostre, bergantins i caravel·les ofegats de pols i amb els jocs de cordes trencats. Gerros amb flors pansides, del balcó de l'Anneta. Quatre llànties feien una claror blava, i l'agonia dels ciris s'escolava en branquillons de cera groga.

Els nuvis rebien de genolls la benedicció i repetien amb llavis tremolosos els mots de la litúrgia. Una veu tafanejà:

—Mireu la Laia, que blanca! Diríeu que li han xuclat la sang.

Una altra comentà:

—No han estat valents. Si gairebé no els he sentits!

Missa de velacions. El rector fullejava el missal i començava l'Evangeli: «En veure el Crist aquella gentada, pujà en una muntanya.» Mossèn Gaspar s'emocionava. Muntanya propera al Genesaret: ell la veia. Mar de Galilea. La blancor de Cafarnaüm retallada al cel. Més lluny, els fruiterars de Magdala i els horts de Tiberíades, arran mateix del llac. Una dona alçà les mans i eixugava la suor del front del Mestre. El temps s'aturava i s'adormia en la contemplació de la pròpia bellesa. Tan sols una petita formiga treballotejava transportant un gra. I queia en aquell gran afany dels segles la promesa: «Venturosos els qui tenen fam i set de justícia, perquè seran sadollats.» El rector pregava. Senyor, no era de justícia el que demanava? Oh camp! Quan el reveuria? Mossèn Gaspar barrejava el clam pagà del Venusí amb l'austeritat del llatí evangèlic de sant Mateu.

Tots escoltaven incòmodes, amb indiferència. Les boques s'esbatanaven en grossos badalls, cansades d'estar-se tan quietes. Missa acabada, tots s'encaminaven a la casa dels nuvis. Panellets, gots d'aiguardent, cassoles d'arròs i conill. Crits:

—Estic ben tip.

—No, gràcies, ja no puc més.

Així fins al vespre. Rialles picardioses, en anar-se'n:

—Estigueu bons.

—Que no us hi canseu massa.

Ahucs a fora:

—Ganyons, sembla mentida!

—Per als parents, tan gasius!

El nou matrimoni es quedà sol. Laia s'atansà als vidres d'una finestra. Rera, el marit. Les teules regalimaven d'aigua. La boira mullava pedres i façanes i tenia la vila sota el seu esclavatge.

IX. Serpent

Un petit llum lluitava contra la fosca i feia una claror vacil·lant. La tenebra, una espessa tenebra de fum de caliquenya, pols i deixalles d'estossecs, regnava arreu i ho palpava tot amb l'esgarrifança dels seus tentacles. Redossats a la paret, dos bocois de quaranta mallals plens de vi del Priorat i uns altres de més petits, bótes i barrils. Al taulell, gots de vidre ordinari. Arrenglerades en un armari corcat de color de roure, botelles de moscatell, d'aiguardent i vi ranci, enfigassades de dolçor de mistela i cobertes pel mantell protector de les teranyines.

El Sacerdot eixugava les gotes de resolis i ratafia que tacaven les taules. El drap desapareixia, menjat per la inflor dels dits. Apoplèctic, la cara moradenca, el nas aixafat. Els cabells li pudien, curulls de caspa, i el bigoti se li ficava per la boca i li tenyia de brutícia les dents. D'un lent caminar d'oca, al seu pas les rajoles s'humitejaven de la suor dels peus. Tavernerot, en altre temps cotxer de punt a ciutat, tota la vida lladregot dels honrats. Havia estat a Amèrica i es vanava dels coneixements apresos en el rodolar dels seus viatges pels camins del món. Quan reia, el pit li sonava com si sacsegés un pot de llauna emplenat de sorra i el greix del ventre li trontollava.

—Sacerdot, un altre got de vi.

Amatent, el taverner el servia i s'atansava després a la gresca dels parroquians. Partides de tuti, de carteta, de bescambrilla, de canari. Crits, badalls, rots d'embriacs. Un d'ells, en Quim fuster. Groc, d'un ros aclarit, gairebé albí. Barres caigudes, mastegatatxes, podrit per un mal lleig. Massa doner de jove, tenia, ja vell, la mirada ensopida, la voluntat fluixa: una mínima expressió d'home. I la taverna era el seu refugi.

Crani de be, mobilitat de sargantana: Ventura el sagristà. Supersticiós, devot de sant Pancraç. Gran jugador, sempre guanyava. Les cartes se li enganxaven als palmells expeditíssims i fugien a amagar-se a les butxaques.

El sagristà escartejava i repartia el joc amb solemnitat. Es tombà cap al fuster:

—Escapça.

En Cebrià, un manefla de llavi partit, un bordegàs picat de verola, profetitzà:

—M'hi escanyo una pela.

—Tira.

El sagristà feia la guineu:

—Presento els aranzels: l'as de copa i el sis de bastos, i que ara em surti, per exemple, un cavallot.

Butxaquejava. Reprenia:

—O la lea d'oros, tant se val. No, el barbut d'espases. Set i mig.

—Noi, m'has netejat.

—Vejam si t'esquerdo.

—M'has posat entre les parts i la paret.

El Sant Pare, un comparet d'un constant i fi somriure italià, es decantà cap al manefla, que seia al seu costat:

—Deixa que t'ho digui a cau d'orella. Saps què és, diguem la suposició? Noi, la sort.

—Sí, sort, sort. Gana, és.

Al sagristà se li alarmaven els ulls:

—Me'n vaig, que la pròpia m'espera.

Els altres se li abraonaven:

—No, ara no, mira-te'l! Que tens por d'haver d'afluixar? No et pots moure fins que t'escuris o, si no, ets un porc.

Va intervenir, conciliador, el Sant Pare:

—Bé, no us hi amoïneu. Continueu la partida, i santes pasqües.

En Ventura es tranquil·litzava i s'hi avenia:

—Tornem-hi, doncs.

Assegut amb el cap damunt un braç, en Quelot, embrutit per la beguda. Els altres se'n reien:

—Almenys porta una càrrega de mam, està ben torrat.

En Quelot es tombava amb neguit i rondinava. Havien transcorregut dies i mesos d'ençà del casori. Varen dur llàgrimes i alegries en sarrons desiguals i les escampaven amb indiferència, conscienciosos de la misèria de la vida i de com és inútil la reparació de la mort. Segons dita d'en Moles, filòsof de secà, mort i vida s'empaiten i joguinegen amb els homes, que riuen i ploren, ja se sap, sempre sols. I els víctims (prosseguia en Moles) es troben tan febles, que s'avergonyeixen dels propis sentiments, i la rialla se'ls glaça i el gemec se'ls estronca. I es planyen (concloïa amb embolicada eloqüència en Moles) l'eterna aspiració de la mort envers la vida i l'anhel inesgotable de la vida per oblidar-se en l'abandó de la mort.

Durant un cert temps, en Quelot es va mig arribar a pensar que era feliç, perquè la dona que havia desitjat ja era seva. Corria a casa, en tornar de la pesca, i allí el rebia la muller, sempre abstreta, llunyana, enigmàtica, amb els braços caiguts. I en Quelot no es va poder mirar mai en el misteri d'aquells ulls.

Un dia, en baixar de la barca, li varen advertir:

—Afanya't, que hi ha novetat.

Pujà les escales d'esma, topant amb tot. La llevadora passà pel seu costat.

—Està ferit del nervi de la medul·la.

En Quelot entrà a la cambra on jeia la partera. Va veure el fàstic d'una carn masegada, i la por s'apoderà de l'home, que fugí de l'esglai d'allò, d'allò que era el seu fill. La taverna el cridà i li oferia el consol del vi. En Quelot ja no se'n movia.

El Sacerdot li tustà l'esquena:

—Au, gandul, desperta't, que ja és hora.

Tots anaven sortint, i l'últim era en Quelot. Caminava banzim-banzam i li semblava que el cap li fugia i li saltava al davant, com un brac festós que el menés a estranyes caceres. Li xiulaven les orelles, se sentia aclaparat de buidor. Al cervell, una llumeneta que s'apagava a poc a poc, voltada de tenebres.

Arribà així on Laia bressolava el nen, i una ràbia irrefrenable el dominà, una ràbia d'embriac. I l'ànima rudimentària d'en Quelot recordà la vella injúria de la infància:

—Serp, serpent.

Les paraules desfermaven tota la brutal violència que l'emplenava a seny. Ara l'home apallissava Laia, i els cops feien caure la dona a terra.

Es desanellaven a batzegades i penjaven dels arbres crescuts a la planura del mar, els arbres que creixien per damunt del vent i de les ones als grans altars dels temporals del mar. Treien les llengües lascives i esguardaven Laia amb ulls endins dels quals glatien els sentits d'un exèrcit d'homes. Cavalcaven més tard amb la llevantada i esperonaven els cavalls amb paraules d'odi. Quan arribés la pluja, les noies pujarien als terrats i s'oferirien, nues, a les llances de l'aigua. Al Mal Temps, el diable convocava al so de flabiols antiquíssims les bruixes de la Muntala, i mentrestant el seu ca llepava el genoll malalt del santet de l'ermita. Que mirés com la carn es cloïa per la caritat de l'infern, com les bruixes sardanejaven entorn de l'amo. Ara el dimoni era un ase, i els seus brams intentaven abatre el vol dels ocells, esborrar la memòria de les clares estones, enderrocar l'eternitat del cel. Fins on atenyeria el crit eixordador, quina pell o quins nervis suportarien aquesta espasa de foc? Rajoles, formigues, carbons encesos que s'arrossegaven per la platja, per fondalades de garrofers i d'alzines, des del bosc de cabelleres de la nit. Travessaven hortes i vinyes i retornaven a la sorra, a empitjorar el destí de les barques. Que inútils ara les xarxes, que llarg i prim l'incendi de les llengües, quina fredor de tants d'ulls! Com resistiria el glaç, aquesta ferida? Ella era una dona, sola, només una dona. Volia viure com les altres, que no ho sentia? Que trepitgés, que l'esclafés, tant se valia, si no li era permès de viure com les altres. Els genets de la pluja recordaven de sobte que tenien un origen comú amb aquelles brases. Se les enduien per l'aire i entraven plegats a la dansa endiastrada. Els serpents que quedaren a les selves del mar encara sotjaven i concretaven la crida en uns noms senzills. Laia trià. Després es redreçava i gronxava de nou el fill, esgarrifós com un llimac.

X. Xarxes

Manava res més la padrina? Ho preguntava maquinalment i amb un bri d'impaciència, però en un to que el costum feia humil. S'havia recolzat al marc de la porta i distreia el tremolor dels dits tot teclejant amb suavitat la fusta.

—No, gràcies, Esteve, ja te'n pots anar.

—Doncs bona nit.

Paulina, la geperuda, l'acompanyava fins al cancell pel corredor en tenebres i el sotjava amb els seus ulls humits, uns ulls de gossa apallissada. Què li passava avui? L'home fingia somriure. Què volia que li passés? Potser tan sols una mica cansat.

—M'enganyes. Fas un posat estrany, un posat com de por.

L'Esteve la interrompia:

—T'asseguro que veus visions. Bona nit.

Escopí ja al carrer, i la saliva rebotia en esquitxos damunt una llosa. De dintre estant, la vella «Fragata» cridava:

—Paulina, no t'entretinguis.

—No, tia.

Però es quedà a mirar com l'Esteve s'allunyava. Ai, quina ràbia que es tenia! Era tot just dona i semblava més vella que la mateixa «Fragata». De què li servia estimar-lo, si l'home no se n'adonava ni ho notaria mai, amb la gepa d'ella i la seva cara? I l'Esteve, al seu davant, gallejava sempre, i les perdudes se l'emportaven.

—Si jo no fos... jo.

La mirada li cremava d'odi. Anà ranquejant fins on la tia l'esperava i se li va asseure al costat.

Mentrestant, l'Esteve havia baixat amb lentitud fins a la platja. Plovia. Molta boira planava damunt el mar i mullava com en un bany de suor les robes de l'home. L'Esteve s'arrossegava d'esma pel sorral ple de barques. Uns pescadors comentaven:

—Quin temps més trencat.

—Sí, tan aviat plou com fa bo.

Un es referia a la pesca de la sardina. Oh, com bollava, que bonic! Mates de peix fresc avançaven quietament. Les mares, voltades de les cries, com abadesses. De sobte fugien com el llamp, estremides les panxes de plata, i aleshores la xarxa les empresonava. Rebullien i boquejaven d'agonia, després, a l'aire sec. Li feien tanta llàstima, que les alliberaria de bona gana, certus.

Els altres varen riure:

—Molt bé, molt bé, Anton.

Se sentien murris.

—Noi, t'afines, amb l'Anneta.

La resposta de l'Anton no arribà. Les siluetes dels pescadors vacil·laven a través de la fosca. Unes ombres grises entraven ara a la taverna del Sacerdot.

La pluja queia molt pausada i relliscava en degotims pel coll i el pit de l'Esteve. La calitja s'abrinava i esdevenia una prima cortina sota les estrelles. L'home esperava l'última gota: aquesta, aquesta seria la darrera. L'aigua rebrollava amb més força i li lluïa mansament als cabells, al nas, a la barbeta.

I l'Esteve es digué que aquella boira era com la Laia. La Laia, magnífica i olorosa com una fruita, d'una ànima abrandada i inabastable com la calima, sempre igual i sempre nova, que punxava i feria i fiblava la carn i l'amarava d'anhels, com l'aigua de la boira, tan enganyosa. Tan enganyosa com l'aigua de la boira. Al cel immens, les estrelles, també semblants a la Laia. A vegades hi havia al fons dels ulls de la dona una llumeneta tendra i clara, serenor. Però la boira aviat els enterbolia, i el desig penjava dels llavis com una amenaça. L'Esteve es confessà que la geperuda va dir la veritat. Sí, tenia por, una por vaga, confusa. Era una sensació d'encerclament, d'ofec, d'una infelicitat indefinible però certa. Va estimar la dona, i ella es mofà de les seves paraules i va ser d'un altre. Avui ella se li oferia i li prodigava afalacs i promeses. Ell vacil·lava. Desitjava fugir i rompre, com el vent la calima, i no podia. Una altra voluntat el dominava, i ell l'obeiria. L'home, menjat de dubtes, sabia que hi aniria malgrat tot, sense remei.

La boira s'esqueixava, i la pluja feia la clucaina a mar. L'Esteve anà seguint la platja. La lluna sortia i caminava per la nit plena d'estrelles. L'home s'aturava a mirar-la, i els peus ensopegaven aleshores amb el pedruscall i s'emmallaven en una xarxa abandonada. Era una xarxa molt vella, massa foradada pels dofins i pel fregadís de les roques. Ja no servia, i l'havien deixada, destenyida, oblidada enmig de palets i de sorra, podrida per la humitat. L'Esteve es va desfer de l'inútil ormeig i provà de somriure.

—Estic ben enredat, com els rogerons a la pesca del bou. Fins a les cames se m'arrapa la xarxa.

Sí, era ben bé una xarxa, un obstacle que el deturava i el lligava dintre les malles subtils. I ell s'agitava inútilment: hi cauria.

Se'n tornà banyabaix cap al poble. Travessà el sorral i passà per davant de la taverna. El Sacerdot el cridà. En cos de camisa, les calces desbotonades, espitregat.

—Que no vols refrescar-la?

L'empenyia. L'Esteve refusà:

—Demà són matines.

I s'allunyà uns quants passos. El taverner el tornava

a cridar. Que demà havien de ser matines? Hum, dubtava que pogués sortir amb en Quelot: portava una torrada! Abaixà hipòcritament la vista:

—Aquest xicot em reca, es farà malbé.

L'Esteve se n'anava sense comentaris:

—Adéu.

Uns homes sortien del cau del Sacerdot. Entre ells, la veu d'en Cebrià s'enfurismava. Algun dia passaria el Ventura per la pedra, a tall de ganivet. Que la maleïda òliba xarrupés l'oli del rector, no el seu. Es va gratar els clots de la verola.

—I el pitjor és que se'n riu a les nostres barbes.

—Vols dir?

I tant! Que badaven? Com podia guanyar sempre, sense patotes? Sí, tan segur com el seu nom, que li escuraria el pollastre fins als ossos. A més, el fastiguejaven aquelles mans grogues i aquell tacte de llard, com si aprimés constantment una candela, ecs! El sagristà no era ni home.

L'Esteve els deixà endarrera i enfilà una pujada. Cansament de fangueig. D'una cort, l'ahinar desesperat d'un cavall. Una cantonada. Una casa.

—Que tard!

—La feina, mare.

Entraven i ja no es deien res més. Una taula pobra. Al cap de poc, l'Esteve s'alçà.

—Tinc son.

—Que dormis.

S'empassava rabent l'escala. Es rebotia damunt el catre. La mare trastejava a la cuina. Una estona. Els sorolls anaven morint a la casa. A baix, la vella roncava. Tocaven hores.

—No encara.

Es movia amb angúnia. Noves campanades.

—No encara.

Es rebolcava, febrós.

—Estic ben emmallat.

Es llevava.

—Com una xarxa, és com una xarxa.

Sortia. La lluna es reflectia als tolls i pintava de blanc els pins i l'arbreda del turó de Santa Tecla. Tota la nit es parava, ensopida, i la mar esdevenia com un fanal, clara, freda, quieta. L'Esteve davallava pels carrerons fins a un portal. Una veu l'acollí:

—Entra.

XI. La vella Caterina

La plaça del poble, un dia d'hivern. Avui el sol havia perdut la seva acostumada placidesa i escampava arreu una claror agra. Sol pàl·lid, que enlluernava i no escalfava gens. Penetrava calmosament en la penombra de tots els portals, mirava per l'escletxa d'un finestró mig obert, tafanejava de cua d'ull el misteri d'una cambra i es volia mostrar protector com als dies d'estiu. Però no ho aconseguia. Totes les cases el rebutjaven, malpensaven d'ell, temien la malifeta d'una burla i el llançaven fora, defugint la fredor dels seus raigs. I el pobre sol es quedava quiet, ja derrotat i nu, i estrafeia a la plaça una ganyota de malalt.

Allí anava a parar tota la vida del poble. Silenci i renecs, pols i mandra. Enterraments i casoris s'arrengleraven a la plaça en una barreja amistosa, i la murmuració i la blasfèmia no hi tenien límits. S'hi parlava del mal sols per la golafreria de sentir-se la boca socarrimada pel seu foc i el seu regust. La gent mercadejava amb la desesperació del proïsme i reia sense pietat les caigudes i les tares del veí. Es desfeia en el fang del fals testimoni la reputació del parent, de la noia, de l'amic. Veus rogalloses, malediccions, mosques, fortor de vi i de bacallà sec. Els gossos llepaven la sang del porc sacrificat el dia abans. S'amuntegaven deixalles de menjar, sucs i desferres de totes les cases. Els vailets s'empaitaven amb pedres, ressonaven els passos d'un cec, cantava un gall. I la plaça s'adormia amb un gest de cansament, al capvespre, plena de l'odi i el menyspreu de la llum de la lluna.

Avui la vella Caterina s'havia llevat molt dejorn. Era ventruda, grassa, petitona. Anava sempre embolicada amb un florejat mocador d'herbes, que emmarcava la seva cara rogenca i li ressaltava el caigut sotabarba. La vella Caterina era la memòria del poble. Ho sabia tot, tot ho havia vist, de tot es recordava. Infatigable, no escassejava serveis ni ajuda. Trescava de llevadora, vetllava malalts, vestia morts. Era la primera a fer córrer les notícies, i ningú no ponderava com ella el valor i el secret de les paraules.

Avui, en sortir de missa, s'havia aturat molta estona davant la fornal del ferrer. Parlant amb l'home, la comare es mostrava extremosa i alegre. El ferrer feia l'ullet, i tots dos reien amb soroll. Notaven que eren espiats, i els relliscava per la pell, com una lleu esgarrifança, l'íntima voluptat de la xafarderia. La Caterina se n'anava després, i el ferrer esguardà com s'allunyava.

—Ai, la remaleïda vella!

I glopejava la saliva per la boca sense dents. La trompeta del nunci cridava el preu de la sardina i del vi. El ferrer gandulot el parà, li agafà el porró i s'hi adormia. Contà:

—No saps el bum-bum d'avui?

Callava, com si es repensés, per fer glatir l'altre. Les paraules burxaven per sortir, s'atropellaven al cervell i a la gorja, amb por de quedar-se endarrera. L'home no podia més i esclatava: la Caterina havia vist a la nit com la Laia i l'Esteve... Sí, els havia vistos junts aquesta nit, a deshora. El nunci s'espantava, demanà detalls, abaixà la veu i es tocà el front. La porrona es buidava de mica en mica.

Mentrestant, la vella Caterina havia anat resseguint tota la plaça, i les dones l'escoltaven fent rotlle. Murmuris, algun crit. Falses lamentacions. Una deia, pel plaer d'escoltar de nou:

—Verge, jo no m'ho arribo a creure!

La vella s'enfadà:

—Ho he vist amb els meus propis ulls, com ho he de dir? Ho juro per Déu i pel meu difunt, que encara és més.

De sobte, el grup s'agità en un moviment d'indecisió. Les dones reculaven, i passà Laia, serena, indiferent, sense veure-les. Una tos seca, una veu única, un sol comentari:

—La poca-vergonya!

Una nerviosa doneta de cara pigada anuncià:

—Prou que Déu la castigarà. Mireu, ja, com li ha sortit el fill.

I acaronà el seu, un menut mantegós i garrell, mig geperut i borni, que se li arrapava a les faldilles.

Les dones esdevindrien de grat les executores de la divina venjança. S'arremolinaven, es cansaven en una tria de puniments terribles, s'entendrien en descobrir-se una misericòrdia excessiva. Lloaven la pròpia virtut, s'injuriaven, no s'atenien. Però el cercle s'anà desfent, perquè es feia tard i calia que les dones se'n tornessin a feinotejar. A la nit esperarien amb deler els homes i els preguntarien amb mil escarafalls:

—Que no ho saps?

No, no ho sabrien, de segur. Les dones contarien aleshores, amb frisança d'acabar aviat, desitjoses de les preguntes dels marits i de donar detalls i engrandir el fet.

La vella Caterina arribà a casa. Estava satisfeta, es fregava les mans i reia tota sola. Es trobà també cruixida, gemegà i es va asseure en un tamboret, rera la reixa. Passava el rosari amb calma. Remugava oracions amb delectança de virtuosa. S'adormia, es descomptava, s'equivocava de misteri, xerricava de dents i roncava. De tant en tant sotjava la plaça, feixuga de sol de tarda. Ningú. Sols el crit llunyà del nunci, que assabentava el públic dels preus de la sardina i del vi.

XII. *La mestrança*

Sota la vela de la mestrança, les carcasses de dues barques a mig fer. Barrejades amb fustes, serres, garlopes, gúbies i aixes. A la sorra, empastifats de pega, els troncs serrats, quadernes, medissos, estameneres, barrines de sant Elm i gafes. Al fons, el tranquil brandar de la mar ampla. Grups de pescadors que endegaven ormeigs, grinyolar de serres de cavall i pollines, deixalles de peix podrit que les mosques es menjaven. Enlluernament i esvoranc de la llum en la calç de les cases. Un perol fumejant de quitrà i resina de pi, mànecs de canya per a la llanada, estopa, encenalls i pots de pintura. Dominant-ho tot, la veu del vell Vilà dirigint el treball de la mestrança.

En Pau Vilà era el més vell de tots els vells del poble. Carn de cep, anys closos a cada replec de la pell, d'una color de terrissa. Un caigut caminar cançoner, els braços com arrels d'olivera, l'òrbita d'un ull buida. Al front, la cicatriu d'un trenc antic. Va fer tota la carlinada i passà fams i perills en terres de València. Prop de Morella va perdre l'ull. Poca cosa: un salt enmig de bardisses, una bala perduda, una badada. Res, la guerra. En contar-ho, el to de la seva veu era sempre igual, fred, sense matís ni odi, mancat en absolut de passió. Al seu voltant, com una bafarada de sepulcre. Assistí al trànsit de generacions senceres: avis, pares, muller, fills, néts, fills de néts, casals enderrocats, disputes i misèries. Però ell estava aferrat a la rutina de viure, regalimós d'anys, com una ombra de coses ja oblidades, plenes de la sentor de la mort. I el vell Vilà menava encara la mestrança, s'arrupia sota la lona i projectava per a l'any vinent, per a Sant Joan, i el temps relliscava per la seva esquena i passava sense dir-li res, acostumat a aquella companyia.

Ran de la platja, la taverna. I al seu davant, la mestrança. Els homes sortien de la cova del vi i anaven a abocar la mandra, ajaguts a la sorra, escoltant la calmosa xerrameca del vell Vilà. En Vador de la Governadora hi era sempre dels primers. Era flac, força quec i sord, callava molt i feia un mig riure desmaiat i trist. Havia heretat, pescava gambes, era taper, ateu i republicà de tota la vida. Matava les hores veient armar la complicada arquitectura de les barques i, en arribar al vespre, se'n tornava xano-xano a casa, entretenint-se a resseguir amb un pal el ferro dels barrots de totes les reixes.

En Pep flequer també tenia el costum d'anar-hi. Baix, grasset, mans fofes, braços de pop, asmàtic, bon home. Posseïa en un turó veí una vinya amb arbres fruiters i hi collia pomes, taronges, peres, llimones i figues de gota de goma. D'allí davallava sovint amb cistellades de fruita encoixinada amb pàmpols i la frescor de les fulles de llorer. I pel camí l'anava tastant i acaronava tanta maduresa. I era feliç.

Fins a la nit s'allargaven les tertúlies a la mestrança. Evocació de fets perduts pels racons i els amagatalls de la memòria, pronòstics del temps i de la pesca, converses sobre política. Tots s'escoltaven, congestionats per l'esforç de repetir lectures mal païdes, cridaven alhora i no s'entenien. Es feia a la fi el silenci: dret, recolzat en una estaca, un home vestit amb una brusa de droguer. Coix, rialleta de murri. Obria els llavis amb autoritat, i les paraules li sortien sense esforç. Paraula cenyida, triada, carregada de seny. Tots l'atenien, afanyosos de comprendre'l. Ell s'anava embriagant del plaer de sentir-se, i la paraula esdevenia cada cop més càlida, vibrant i ràpida com un llampec o com un foc d'artifici. En Pere Guri es treia un fi mocador de seda i el passava amb delicadesa per la barba greixosa. Duia al dit mitjà de la mà esquerra un anell amb un gros diamant i estudiava els gestos perquè tots el veiessin. A l'armilla, una cadena de rellotge de la qual penjava una àguila d'or amb les ales esteses.

Granellut, esquifit, malànima, l'Endalet de Cerdans, un fadristern d'un casal fort enclavat a la muntanya. Una fondalada, un veïnat, una rectoria i una esglesiola romànica. Les gallines pujaven pels graons, entraven pel porxo endins i picotejaven l'herba crescuda a les lloses de la nau solitària. Un dia, l'Endalet fugí amb un farcell ple de diners robats a les suors del pare. Se'ls gastà en dos mesos, en plaers i donotes, i anà a caure, estripat i famolenc, al poble de marina, on vivia ningú no sabia com. El toleraven a contracor, amb fàstic. Tot ell bavós, acretinat. Perseguí temps enrera la Laia i després, en veure's rebutjat pel menyspreu de la dona, l'odià. Va ser el primer a contar a la mestrança el que la nit abans havia vist la vella Caterina. Ja en tenia, de sort, l'Esteve! Per poder clissar-lo, com si fos Déu, amb la Laia, donaria fins i tot deu unces.

El Vador de la Governadora badallà:

—Bé donaries prou.

Els altres corejaven. Es mofaven d'en Quelot, facilitaven nous detalls, envejaven l'Esteve. En Pere Guri s'anguniejava, poruc d'escàndols. Els volia fer callar, vessava a dolls la prudència. S'atansava a l'un i a l'altre i els parlava a cau d'orella, amb sobreentesos i escalaborns de mots. En Pep flequer s'esborronava, alçava les mans fins a les temples i es premia el cap. I el vell Vilà opinava, amb cruix d'ossos, que no passaria res. El marit es conformaria amb la seva sort, que era la de gairebé tots els marits. El vell Pau, almenys, ho havia vist sempre així, ell que havia presenciat tantes coses.

Els casats protestaven:

—No crec que ella m'enganyi.

El vell replicava, sorneguer:

—Tothom s'ho creu. D'altra manera, ningú no es casaria.

S'ajupí i amb un cordill mullat de mangra i aigua començà a dibuixar la silueta d'una quilla. De mica en mica, els homes anaven marxant. El sol queia de ple a ple damunt la vela de la mestrança.

XIII. Esquer

Què hi havia entre ella i l'Anton? En mirar-la, el noi s'ambadalia, l'Esteve prou se n'havia adonat. La dona ho negava. Quines cabòries, que eren gelosos tots els homes! D'altra banda, ella estimava l'Anneta i no voldria mai que fos dissortada per culpa seva: com apartaria, doncs, l'Anton de la seva promesa? Anem, veia bruixes i no tenia pas més senderi que un nen.

Ell aleshores s'havia tranquil·litzat, però avui el dubte el neguitejava amb una nova empenta. A la platja, Laia ajudava a desamorrar una barca i tenia al seu davant l'Anton. Laia mirava el noi de fit fit, es tombava després a l'Esteve i reia amb aquella rialla d'abans i de sempre, aquella rialla feridora i estranya.

La dona es mofava d'ell, s'ho repetia amb ràbia. És que el trià com a esquer? Tan beneit el creia? Doncs trencaria d'un cop, no tornaria més al seu costat. S'ho va dir simulant coratge, però sabia que aquella mateixa nit hi aniria sense remei.

Oh, com li dolia la burla, no es podia enganyar! Se sentia lligat fortament a aquella dona, d'una manera inexorable. La Laia encara reia, i la rialla brollava contínua dels llavis i es perdia en el mar i en els sentits dels homes.

Els pescadors maldaven per desatacar la barca. Haurien de cercar un cavall, perquè ni rems ni perxes ni dimonis no la mourien. Havia estat una badada, i murriejaven, ingenus, signant l'Anton. Uf, els enamorats no valien ni una pipada! En Fonoses, el pare, el defensava. Que el deixessin en pau, que aquest era un dia o un altre el xarampió de tothom. I prou garlar, perquè la bèstia ja arribava i calia que es posessin al treball.

—Aüp, tira!

La barca sortia a la fi del mar, i la Laia s'allunyava: els homes ja ho acabarien d'endegar. L'Anton la seguia amb la vista i es desficiava enmig de sentiments contradictoris, amb una barreja d'alliberament i de recança. Ja no era aquell noi d'ànima serena. La idea de la mort se li havia posat de primer tènuement, com un petit ocell damunt una branca. Havia rondat al seu entorn i havia esperat el moment propici per a senyorejar-lo, tan fina i tan subtil, tan propera, que la sentí esbategar i moure's com unes ales d'ombra. La mort es va confondre després amb ell i ja va ser substància seva i, amb tot, externa, impersonal i freda com un pur concepte trist, com un desig de no desitjar. Que arrelada que l'endevinava! I no hi havia pensat mai, fins que topà amb els ulls d'aquella dona, uns ulls que l'endinsaven en la solitud, des d'on assistí al naixement i al poder d'aquella dèria. La crida d'uns ulls el desvetllà del somni d'una vulgar felicitat robusta, sense temporals ni preguntes. El clam d'uns ulls el guià pel camí en tenebres. Al capdavall, una última paret i, enllà d'ella, la certesa d'una gran pau, tan sols pertorbada per la por de no conquerir-la, d'haver de recomençar. Perquè l'esborronava haver de refer aquell procés tan aspre, el sofriment de la seva transformació. Esdevenir altre cop l'home d'abans, ara que tant comprenia? Rodolar pel pendent de la passió i de l'espera, quan l'oreig dels cims ja l'enlairava? Un pas, i entrava en la placidesa. Un pas senzill, minúscul, i entrava en aquell regne inalterable de la mort.

—En què penses?

Pare i fill s'havien quedat sols a la platja, i el vell Fonoses guaitava el jove amb sol·licitud. Dies ha que no era ell, no parlava, esguerrava la feina. Ara mateix havien amorrat per una seva falta, i amb el cavall no sabia el que s'empescava. Havia potser renyit amb l'Anneta? Si era això, que l'anés de seguida a trobar i procurés de fer les paus.

Sense negar ni afirmar res, l'Anton se separava del seu pare i caminà cap al poble. L'Anneta? Què era ja, per a ell, l'Anneta? Esguardat pels ulls de Laia, els ulls i el malefici de la mort, mai no es recordava de la pobra Anneta, que altrament no el podria salvar. Ni ella ni ningú. El tedi l'aplanava i no en sortiria sinó per la mort, potser per a caure en un altre tedi, arreu l'amo, més enllà de la mort i de la vida. El tedi, abans i després de la vida i de la mort.

Pel carrer encontrà l'Esteve i el saludà distret. L'altre responia amb rancúnia. Aquell brivall podia plaure a la Laia? Bé, que se'l quedés, bon vent. No, no tornaria més al seu costat.

A la nit, però, ell hi anava, del tot vençut, i retreia amb queixa el nom del noi. La dona reia. Per què li esmentava aquell Anton, atrapat per un altre esquer? Tornava a riure, estrident i maligna:

—Que nens i que gelosos que sou, els homes!

XIV. La "fragata"

Ja es cansava massa, certament, però avui hi aniria. A la matinada es despertà amb aquesta dèria: de sobte l'obsessionà el record de l'horta llunyana. Feia temps que no passejava per les regleres de tarongers i llimoners ni vigilava el treball del comparet en ferir amb l'aixada la terra plena de saó. L'horta on el seu pare havia trobat consol en la tristesa. Ell plantà els fruiters i regava els solcs i les hortalisses. Sabia i estimava tant els cantons assolellats com els indrets en ombra i protegia la llibertat de l'ocell i la vida de l'arbre, aquesta fina vida misteriosa, sense crits, sense gemecs, sense llàgrimes. Els arbres varen ser l'últim amor del vell capità. Acariciava els troncs amb delicadesa, i les aspres mans se li inflaven de voluptat. Contemplava com les branques creixien i es convertien de mica en mica en brancatges. Aquest era un goig a cada moment renovat, un goig gairebé dolorós. Ell passaria, i els arbres continuarien creixent per espai de llargs anys. Ell, mentrestant, on pararia? El cervell era trontollat per múltiples doctrines, i cap d'elles no el satisfeia.

Dubtava de les promeses d'eternitat, però la negació freda i l'absoluta destrucció l'esborronaven. Es neguitejava en pensar-hi, ell, home sensual, aferrat a coses concretes. Mirava aleshores els arbres, que varen néixer del seu esforç, i se li calmava aquell anhel de perpetuar-se, de sobreviure en carn i en esperit. Endevinava en la vida dels arbres la superació de la pròpia vida, un prolongament de la seva existència. El seu goig renaixia, i tota sensació de dolor s'allunyava. Voltat d'aquells fills de la darrera hora, el vell s'adormia bressolat pel remoreig de les fulles, la vista descansant en el mar o en la serenor d'una pàgina antiga.

En un somni es va morir. La mort el va sorprendre amb els ulls clucs i no es va poder acomiadar dels arbres. Havia disposat que l'enterressin enmig d'ells, però la seva filla, massa pietosa, no el va obeir i va ordenar que el sepultessin cristianament al cementiri:

—Pobre pare.

Ho deia per costum, sense llàstima: més aviat l'envejava. Havia sentit per ell una admiració exaltada. El recordava sempre jove, segur, generós, magnífic en el comandament i en la tempesta. Va córrer totes les mars i menyspreava els perills amb una altiva indiferència d'aventurer i de senyor. La filla el va acompanyar en alguns viatges, llargues peregrinacions de llevant a ponent, de cels cremadors al glaç i a la boira. Aquelles navegacions sense objecte dels bons dies, tan sols per endinsar-se i perdre's en la immensitat del mar damunt una esclòvia. Mar a totes bandes. La «Panxita», negra, lleugera, endurida per la sal i l'abraçada de l'aigua, esvelta com un corser. Competia amb les ones, en cursa pels camins inconeguts, per les mars ignotes, i deixava endarrera horitzons i nuvolades. Xalocs i ciclons no la podien tombar, sempre vigilant, sempre dreta, amatent a tota traïdoria, incansable. La filla veia ara com la nau lliscava per les nits del tròpic, amb la coberta xopa de lluna. Els pals s'allargassaven i semblaven foradar les estrelles. L'esguard del capità s'aclaria i contava per menut una aventura remota. Eren fets d'armes d'una crueltat primitiva: lluites contra els anglesos a Gibraltar, o enfront de la pirateria a les costes d'Alger, en el xabec d'Antoni Barceló, i també episodis en selvàtics indrets del continent americà. Aquestes narracions eren inacabables. El vell marí recercava en la memòria i ensopegava amb un nou detall que la seva veu dramatitzava tot seguit. Parlant li passaven les hores. I ell s'interrompia sols per escoltar de tant en tant el batre de l'aigua contra el buc de la «Panxita».

La filla evocava aquelles i altres imatges. Ara no eren visions rialleres, sentors tropicals i nits il·luminades per una lluna mandrosa, sinó tempestes a les mars del nord, cortines de pluja, tenebres en ple dia. La «Panxita», fuetejada pel temporal, saltava damunt l'abisme. Cruixia el seu fustam. S'ensorrava i reapareixia, muntada en una gropa d'escuma. La veu del capità ressonava dirigint les maniobres, la mateixa veu tranquil·la de les nits encalmades. I la nau vencia la ira del tro, del llamp i de les ones i prosseguia confiada el seu camí.

Com canvià tot, després! Decadència, fallides. Júlia, la segona filla del capità, va caure malalta, i la «Panxita» va ser encomanada a un altre pilot. Mentre la noia es moria, el veler encallava a les boques del Roine. El vell marí ja no s'embarcà més. Atuït per la doble pèrdua, es va acollir al repòs de l'horta i dels arbres.

La filla furgava en l'ànima closa. Era possible que ella, Teresa, la vella sense afectes d'ara, hagués estat la noia d'altres temps, aquella «Fragata» envejada i temuda? Un nom, unes paraules, i tot passà com l'oreig. Mort el pare, varen venir els dies de solitud. Ella s'anà envellint, concentrada, hermètica, ofegada dintre el benestar d'una casa de senyors. Pregà, estimà les menudes coses, judicava amb severitat, no sabia riure. Revestida d'incomprensió, va viure fredament, sense desigs ni alegria. I els bons dies remots es varen esmicolar en la fosca.

Tot passà com fum, com res. Quin sentit varen tenir, però, aquelles imatges gairebé esborrades? La vella s'anguniejava. La «Panxita», els germans i, és clar, també Frank. Oh, en Frank no, no volia pensar de cap manera en Frank! A l'horta del pare no hi pensaria.

Cridava la neboda. Que anés a cal Climent, perquè aparellessin l'euga i la tartana: avui s'arribarien a la «Pietat». Al cap d'una estona, la geperuda entrava avisant que l'home ja era al carrer, amb el carruatge i la «Pastora», una atrotinada i prudent cavalleria. Enllestits els darrers preparatius, la vella senyora sortí amb Paulina. Les veïnes tafanejaven i els desitjaven un feliç camí.

—Arri, «Pastora».

Enfilaven la fondalada dels garrofers. La vella s'endormiscava amb el brandar de la tartana i mormolava noms d'una altra centúria. Tres canonades a proa del vaixell «Velasco». Tota la costa, sota el domini dels pirates. Aquell valent Diego Navarro, company del seu pare. El cadàver del marquès de la Romana, nu sota el sol africà. Derrota, ferits a grapats, retirada. A més de no guanyar-se res, es podia perdre tot.

—Què diu, tia?

Es desvetllà quan arribaven als pins i a les alzines de Coll-sa-Creu. La vall s'estenia al dessota. La senyora esguardava el conegut paisatge: el Mal Temps, Ribes Altes, el Remei, les cases blanques, les vinyes i el mar. No, res no havia canviat gaire, excepte ella, que ja no era la «Fragata» arrogant i riallera de les festes, vestida de flors i de sedes. La seva vida havia passat.

Davallaven per l'altre vessant, per una torrentera humida, entre boixos i falgueres, romanins i suredes. En Climent assenyalava un arbre escorxat, enllà, amunt, a Coll-ses-Pregàries, on enllestia el Plem, un home honrat de debò, encara que potser una mica bestiota. Per menys d'un esternut et foradava, hi tenia una grapa! Però era un bon amic dels amics, això sí.

—M'agradaria de saber com acabà. Espardenyes i civils l'encalçaven, i el Plem va desaparèixer per aquest call. No l'he vist mai més.

La plana. Til·lers i saücs, caminal de la «Pietat». Entraven a l'avinguda de llimoners, plantats pel capità. En mirar-los, la vella es preguntà què havia vingut a fer allí. A perseguir fantasmes? A fora, era tot igual. Havia de buscar la transformació dintre seu, a l'esperit destrossat, inguarible. Il·lusions, boniquesa i juventut havien passat per sempre.

Es varen escolar unes buides hores fins a la tornada.

—Arri, «Pastora».

En Climent contà:

—Doncs, com deia, el Plem, tot d'una peça. Rostia amb mà d'àngel els peus dels hisendats, sols pel pur abelliment d'adquirir i guardar així unes quantes unces per a la vellesa. Sembla que els feia cantar com si fossin calàndries, una meravella.

Callà. La poruga veu de Paulina trencava ara el silenci. No s'havia fixat la tia en l'Esteve, en la seva cara?

—No, per què?

La geperuda reculava:

—Per res.

Afegia ingènuament:

—Com és que vostè ha estat padrina de l'Esteve?

La vella senyora s'impacientava, però accedia, amb tot, a explicar-ho. Protegí sempre, per agraïment, la família del xicot. L'avi va ser un fidel servent que arriscà moltes vegades la vida pel capità.

—Una d'elles, a Ilo-Ilo, matà d'una ganivetada un tauró, quan ja atrapava el meu pare.

En Climent s'admirava:

—Noi, digui que qualsevol d'aquest peixassos t'afaita que és un gust, millor que el Plem.

La lluna aclaria el camí i s'amortallava en la pols. D'un bassal invisible, el raucar de les granotes.

—I el poble?

—Hi acabem d'arribar, allí el té.

Primeres cases. Gran aldarull als carrers, a vessar de gent. Comentaris:

—Qui s'ho podia imaginar!

—És un cas!

La tartana parava davant el casal dels Vallalta. Una dona s'atansà a la portella del carruatge. No sabia la desgràcia, la senyora Tereseta? Ai, Verge Santíssima!

—L'han trobat penjat d'una biga. El cos encara era calent.

Paulina s'esglaià i s'estremia. Tustava l'esquena de la ralladora.

—Qui, digues, qui?

—El noi Fonoses, l'Anton. La seva pobra mare...

Paulina respirà. Havia temut per l'Esteve.

XV. *Setmana Santa*

Clara lluna d'aquest mes d'abril. A cada balconada la palma beneïda el diumenge de Rams, a totes les finestres el llorer enemic de llamps i calamarsades. Ja s'havia deixat l'hivern endarrera, i els brancatges es vestien d'un borrissol que creixia amb rapidesa i es transformava aviat en el verd de la fulla tendra, nunci del bon temps. Encara eren fresques les nits, amarades de serenor, podrides d'estrelles. La llum obsessiva de la lluna s'ajaçava i resplendia damunt les teulades, el rocam es refeia de l'envestida de les ones, la molsa marina s'escalfava al sol. Ja hi havia arreu xiscles de falciots i orenetes. Volades de gafarrons i grives, de pinsans, de passerells i caderneres. Enmig dels sembrats, els colors dels blauets i de les roselles. Avançada de fruites i cireres primerenques, de pinyol gros, àcides, alguna ja corcada. La blancor de les flors de les pomeres s'enfilava per turons i marges, l'aire tenia a l'entorn esgarrifances de vellut. La tavella del pèsol queia, curulla de gra, i relliscava pels planters d'escarola groguenca. El gall cantava la història de tres negacions. I passava amb pompa, solemnial i majestuosa, la Setmana Santa.

Goig de la Setmana Santa. Després de l'esclat de l'entrada i de la grisor dels tres dies següents, la plenitud del dijous i del divendres.

Divendres Sant. Altar nu, ornaments negres. L'ús de l'encens no era permès avui, en començar la cerimònia, a la complicació litúrgica, ni la flama dels ciris podria il·luminar els divins oficis.

Assistit de ministres, el sacerdot s'atansava a la mesa i començava l'evocació. Lliçó d'Oseas: «Com l'alba està aparellada la seva sortida, i vindrà a nosaltres com a la terra la pluja vernal i la tardorenca. Què et faré, Efraïm? Què et faré, Judà? La teva misericòrdia, com el núvol del matí i com la rosada.» Mossèn Gaspar ensopegava amb la pedra de les oracions i meditava. Quan seria primavera i tardor en la seva ànima, quan cauria per a ell la pluja de les misericòrdies? Calia abrusar-se per sempre en el foc de l'estiu o glaçar-se en la mort d'un hivern perpetu? Els ulls topaven amb els mots d'Habacuc: «Senyor, he sentit la teva paraula i he temut.» El rector s'afanyava a endevinar l'amagada significança. Potser ell havia estat també advertit i no escoltà? Continuava el profeta: «Quan s'aproximin els anys, seràs reconegut. Quan advingui el temps, et mostraràs. Cobrí els cels la seva majestat i la terra és plena de la seva lloança.»

El sots-diaca cantava en el to de l'epístola uns versicles de l'Èxode sobre la institució de la Pasqua. La veu es trencava i s'afeblia, mentre pronunciava de mala gana la barbàrie d'un llatí gutural. Mossèn Gaspar es va distreure dels seus pensaments i somreia. Que malament que ho feia, aquell home! Mirà encuriosit el rostre del sots-diaca i no sentia gens de pietat. D'un exigent humanisme, li recava de veure així trossejada la llengua augusta. I anà ponderant les faltes i les retenia polidament a la memòria. El sots-diaca finia. Les veu del cor salmejaven: «*Eripe me, Domine, ab homine malo, a viro iniquo libera me.*» L'esperit del rector se sotragà. «Allibera'm, Senyor, del malvat.» Qui és l'home bo i qui el dolent? Ell no era també dolent, no ho eren tots els homes? Si tots estaven, doncs, corromputs, com podia demanar protecció contra el veí servent del mal, essent-ne, el qui pregava, esclau? El cor cantava: «*Dixi Domino: Deus meus es tu. Exaudi, Domine, vocem orationis meae.*» Els llavis del rector varen dir aleshores: «Escolta, Déu, la meva oració: Allibera'm de mi mateix, que sóc el malvat.»

Passió del Crist segons Joan: «En aquell temps, Jesús passà amb els deixebles a l'altra banda del Cedró, on hi havia una horta.» La lectura del cronista ressonava des de la trona. Al cor, el poble. Davant un faristol modest, el qui feia de Crist. El drama es descabdellava i es convertia en tragèdia. Les escenes revivien, es palpaven: últim sopar, angúnies de Getsemaní, besada de Judas, fugida dels apòstols, Anàs, el pontífex, el Pretori, els escarnis, la pujada al Gòlgota, la crucifixió, les darreres paraules, el davallament, el descans del cos al sepulcre. Semblava que la sang del Crist caigués en degotims damunt les lloses. Se sentia el respir d'un pit fatigat, el batec d'un costat foradat d'una llançada. Les dones bevien en les pròpies llàgrimes el dolor de la mare.

De sobte, el qui feia de Crist llançà un crit llastimós i desafinà. Hi hagué udols i grolleria de rialles, i tota l'emoció quedà rompuda. La cerimònia continuà fins a la fi, però ja no interessava ningú i coixejava enmig de la indiferència de tothom.

La nova va córrer per tot el poble:

—Aquest any sortiran els malarmats.

—Qui ho diu?

—El mateix senyor rector m'ho ha dit. També hi aniran els vells passos.

Un home de coll ample i musculatura poderosa declarà:

—Aquest any toca a la confraria de sant Elm de portar la creu.

—Almenys pesa sis arroves.

—Ja ho pots ben dir. I és perillosa, sobretot, per la gran alçària. No n'hi ha gaires que la puguin dur.

I s'allunyava ensenyant amb satisfacció els braços massissos, nerviats, sense ni una ombra de greix.

Els qui l'havien escoltat varen riure amb mofa:

—Aquest beneit es pensa potser que ell és l'únic.

—La creu no és pas res de l'altre món. Qualsevol diria!

—S'exagera.

Tarda del Divendres Sant. Homes i dones es preparaven, endiumenjats, per a la processó. Anaven carregats de ciris, de confits, de paperines, i passejaven, fent temps, d'un lloc a l'altre.

—Cap a les Set Paraules?

—Sí, mira, és allò.

Passaven seriosos, afaitats de nou, els cabells empastats de pomada. Les dones, de mantellina, revestides d'una pietat molt encarcarada i convencional.

El sermó acabava. El vicari dirigia amb veu adormida les oracions, i contestava el poble. Tota l'església, plena de vailets: bufandes, nassos moradencs, impaciència. Els havien enganyats, aquells no eren els tractes. En lloc de la gatzara i el terratrèmol dels fasos, l'ensopiment d'una cantarella inacabable. La quitxalla rebullia com una mata de peix i no podia deixar de tocar de tant en tant les matraques, de moment prohibides.

—Xst!

Els imposaven silenci, i els nens corrien, decebuts, a prosseguir el soroll al carrer.

—El Vador, fent via cap a l'església.

—Ja et dic jo! No s'hi atansa en tot l'any i avui no hi pot faltar amb el ciri.

El Vador de la Governadora avançava d'esquitllentes, per evitar que el veiessin. Més flac, més trist, més callat que mai. Aquell era el seu camí amarg, lligat com se sentia pel vot a la voluntat de la mare i per la por a la boca del Crist. Boca tràgica d'ofegat, boca de lluitador, boca d'enamorat de la vida, que crida, que gemega, que rebutja la mort. Boca d'assedegat de llum. I aquella última alenada, aquella alenada poderosa que li inflava les costelles i li pujava per la gola resseca i li sortia per la boca entreoberta, amb recança, mentre el cor es parava per sempre.

Ni llamps ni mofes no apartaven el Vador del compliment de la seva ofrena. No, primer hauria mort. Què tenia aquell Crist, que així el dominava? Què li diria avui aquella boca roja? Es passava tot l'any malparlant de les coses santes. El seu capteniment no era dubtós, massa que havia provat el seu ateisme. Però arribava aquella lluna de les estranyes festes, aquella llum de lluna quieta i a la vegada saltadora com un ramat salvatge, i el Vador ja no reposava. Havia de complir la prometença feta a la mare morta, havia d'oferir a aquella boca el testimoni de la seva reverència. S'agitava, suat, pàl·lid d'insomni. La passió del Crist era la seva, passió del Crist i del fill de la Governadora.

—I doncs, Vador, per què amolleu, diantre?

—La mare em va dir: «No hi faltis.»

I aquella boca? Què li deia aquella boca? Tot preguntant-s'ho, el Vador feia camí cap a la parròquia.

Dintre l'àmplia nau començava a aplegar-se gent per a la processó. El rector manava:

—En Quelot portarà la creu.

Un va dir:

—Dubto que pugui fer-ho, perquè està força tèrbol. Suara s'esbatussava de valent amb la dona.

Alguns reien i xiuxiuejaven sota l'austera mirada del capellà.

—Què dèieu?

—Nosaltres? Res de mal.

La processó sortia entre dos llustres. Els passos desfilaven pels carrers plens de gent, de fum i de teieres. Al davant, el Natzarè, un Jesús negre, abatut per l'esforç de la creu. L'ajudava un Cireneu de cara vermella i plàcida, vestit amb una túnica curta. Seguia un sant Crist gegantí, d'un pes aparatós i fals, portat per l'Esteve.

La processó s'aturà. Una veu recitava amb cantussol uns versos d'un primitivisme d'estampa romànica:

«Aturen ara un home
—Simó el Cireneu—,
perquè son braç de ferro
ajudi el Fill de Déu.
Crist es mig tombava,
els ulls ja l'han mirat.
Ah, sortosíssim home
que guanyes tal esguard!»

El seguici arrencava de nou. Ara venia la Crucificació, un pas grotesc de moltes imatges: tres creus, dos soldats baratant-se unes vestidures, criats jueus del pontífex. Al lloc més visible, en Robacols, una lamentable figura de mirada guerxa. Tots de cartró.

La mateixa veu gemegava una altra estrofa:

«Aquesta bona vella
Verònica sortí.
S'atansa al diví rostre,
amb un drap el cobrí.»

El so greu d'un timbal subratllava el pas del Davallament. Damunt un Calvari estrafet, sanedrites d'una petulància cridanera i inofensiva, un sant Joan ros, les Maries i la Magdalena, agenollada: carns fofes de pecadora penedida.

La processó es movia amb lentitud, com una riuada tremolosa de ciris. Les parets reflectien, allargassant-les, les ombres negres de les vestes de la congregació dels Dolors, destenyides, tacades, d'una misèria de fantasma de fira. Acompanyaven la Verge, petitona, magra de sofriment, amb el fill mort a la falda i el cor traspassat per set espases de plata. Una dona abaldufada baladrejava:

—Mira en Miquel.

—No l'és pas.

La dona perseguia la silueta monstruosa:

—Ets tu en Miquel? Digues, ets tu?

La processó s'allunyava, i la dona diluïa la tafaneria enmig de la gentada. S'atansava la Soledat.

Misteri de la Soledat, misteri de la mare sola, embolcallada amb draps negres. La despulla del fill ja li havia estat arrabassada, i qui sap si els verms ja rosegaven la carn en el repòs darrer. Eren cecs de plor els ulls de Maria, i els llavis es cloïen amb desconsol, un desconsol mut, una angoixa teixida de silencis, de records fugissers, de claredats llunyanes, d'una felicitat que no havia de tornar. El cap de la imatge es decantava devers la terra, i l'oreig agitava en la nit la cabellera greixosa. Les dones s'agenollaven, necessitades de perdó, de miracles i de llàgrimes: que la misericòrdia de la Verge pensés en elles, que no les oblidés la seva pietat.

Al darrera, voltant el Sant Sepulcre —el cos nu dintre una vitrina—, el manípul dels malarmats, una companyia de pescadors disfressats de romans, molt solemnials, a l'altura de la importància del paper. En caminar, els ferros d'armadures i cuirasses grinyolaven, plens de rovell.

«Les de Sió la santa
ploraven de tristor,
gemint adolorides
al pas del Salvador.
Crist els va respondre
amb una forta veu:
—Filles d'aquesta terra,
per mi ja no ploreu.»

La veu s'anava afeblint i finia, sobtadament enronquida. Unes disputes esclataven des d'una cantonada. En Quelot maldava per desfer-se d'uns braços.

—Jo he de portar el sant Crist. A dreta llei, em toca a mi.

Hi va haver protestes:

—Calla, no haguessis begut.

L'home insistia:
—L'he de portar jo, la raó és meva.
Al seu davant, el rector el contemplava apesarat. Ell va fer, sense èxit, tot el que va poder. L'amonestà, intentà inútilment apartar-lo del vi. Ja ho deixava a la voluntat de Déu. Concedí a l'home:
—Si pots, porta'l.
La gent els oblidava i s'arremolinava entorn dels penitents. Anaven descalços, i els peus rebentaven de terra, de fems i de crostes, com si caminessin damunt esclops de brutícia. Arrossegaven cadenes llargarudes.
—Guaita el noi Bótes, sembla una truja.
Ulls de porcell, cremat d'una galta, aixafat de crani, bestial.
—La seva cadena és la més gruixuda de totes. És el més valent.
L'opi de la lloança arribà a les orelles del noi Bótes. La intel·ligència esquifida se n'ufanejava. Els altres empitjoraven la burla.
—No n'hi ha d'altre, certus. A veure, Bótes, les teves fineses.
L'infeliç s'embolicava amb la cadena, s'entrebancava, bavava de voluptat. Intervenien unes dones caritatives:
—Au, deixeu-lo estar. Quin mal us ha fet?
Varen advertir després al ximple:
—Vés-te'n, Bótes, que et quedes sol.
Precedides de la faramalla d'una banda, les autoritats tancaven la processó. En Jaume sastre presidia el grup de regidors, satisfet, personatjàs, agafant amb mà ferrenya el bastó d'alcalde. Murmuris acovardits:
—On va, amb aquestes pàpules de pa de ral.
—El desig de remolatxa li brilla més que mai.
—Escanyapobres!
Ressaguer, en Pere Guri, el cacic. El maligne coix ho llambregava tot i simulava no fixar-se en res. Fingia voler amagar la seva glòria amb posats de perfecta modèstia. Tots l'admiraven:
—Aquest, aquest és l'amo de debò, i no l'altre.
—Fa por el que té, i el veus sempre així, tan senzill.

—Moltes unces?

—Uf! podrit!

Els clergues entonaven un cant litúrgic. Uns esvalotadors exigien als arreplegats de la música:

—Apa, esmoleu, que per la feina prou bé que se us paga.

En Met agutzil, un pobre home xuclat i pacífic, posava ordre:

—Tingueu més respecte.

Els desvergonyits esclafien:

—Quant t'han donat per dir això?

Graons de la parròquia. En Quelot els salvava amb rapidesa i saludava el poble tres vegades amb la creu. Ningú no respirava.

—Si se li aboca!

Un vell judicà:

—Els d'avui no saben fer aquestes coses. Al meu temps hi teníem més estil.

Un escolanet tocava una trompeta:

—Tururut. Qui digui un parenostre davant aquest sant Crist guanyarà quaranta dies d'indulgència.

La processó entrava a l'església. Una boira prima apagava delicadament els colors i els objectes i els cobria amb la subtilesa del seu vel.

XVI. El va tocar Chopin

En Fonoses aixecà el cap i contestà al cavaller de Pastor. Que si tenia feina? Sí, més que no en voldria, però els diners sempre escassejaven. No era una tongada de pesca, sinó d'anar passant i gràcies. Però per a un pobre no sabia què era millor. Estàs content, i en la mateixa alegria ja hi ha el neguit que no et fugi, que no se't fongui. Més val no glatir per res, no desitjar. Si ho has perdut tot, no pots perdre res més.

Que veiés, per exemple, el cas del noi, que era fort com un roure i mai no es queixava. L'estimaven, i era jove i feliç. Per què va fer de sobte aquell disbarat? Un moment, i hi haurien arribat a temps: la corda encara brandava de l'embranzida. Per què es matà, l'Anton, sense haver conegut desenganys ni la misèria, en vigílies de casar-se, quan hi havia menys motius? Juguesques, bogeries, qui ho sap. La vida tenia aquestes coses. Ens volem enganyar pensant que som els amos d'ella, que som lliures. Sí, com el peix dintre les malles.

Agafà de nou la xarxa que adobava, sense esma de

prosseguir el dolorós monòleg, i donà la bona tarda al cavaller. El vell també s'acomiadà i continuà la passejada. Unes barques reposaven de temporals a la platja, sota la llum i la calda, davant l'encalmada mar. Arribava de la mestrança d'en Pau Vilà el xerric d'una serra de cavall.

En Vicenç de Pastor mirà el cel i va somriure amb agraïment. La vida no era tan fosca com el pobre Fonoses deia, mentre fes sol, el bon sol de l'hivern i de l'estiu. Ell se satisfeia amb poc, mentre li deixessin el sol i les barques, que coneixia una per una i destriava amb facilitat, nom per nom, sense equivocar-se. Les veia néixer i lluitar contra les llevantades. Les veia morir mansament en l'oblit de la sorra. I saludava, en passar, aquestes amigues de tothora.

El vell sabia la lleugeresa, la llargària, l'amplada i la vida laboriosa de les barques, tan diferent de la seva, vençuda pel pes d'innombrables generacions plenes de distinció. Ningú més il·lustre que ell, en tota la maresma. Els seus avis varen ser els senyors de la costa, els guerrers de la baronia, amos d'hisendes. Arriscats, cruels, d'una magnífica crueltat feudal, aferrats a la terra i al mar, violents, despresos i bandolers, varen perpetuar el llinatge i el record de gestes heroiques. A ell, en canvi, la gran sang li arribava sense força, massa vetusta, com un bon vi esbravat. Era indecís i quiet, d'una voluntat fluixa, i les hores se li escolaven en un etern propòsit d'acció. Es fatigava a convèncer-se a si mateix que calia imposar-se una disciplina, que era necessari esdevenir enèrgic, i s'adormia de cara al mar somniant una quimera. L'espantava la cruesa dels problemes concrets, de les coses tangibles, i es refugiava, per defugir-la, temorenc, en el seu esperit, un estàtic esperit voltat de blaneses. De jove viatjà per inèrcia, indiferent, ensopint-se, enyorós del sol i del repòs de l'areny i de les barques. Més tard, s'acollí ja per sempre al segur recés del poble. Llegí. Enmig de papers ratats pels segles, el cavaller va veure com els dies s'esfumaven en un passat igual, esborradís, que mai no va ser present ni sabé crear un futur. Els dies se li apagaven en la fredor d'un passat vague, sense passions, fet del ressò de les veus dels avis, no de la seva. No treballà, no conquerí, no s'esforçà, no va tenir ambicions, afanys ni odis. Era d'una pietat plàcida, d'una tímida i recòndita bondat. Lliure de turments i d'angúnies, no s'interessava en el dolor dels altres. Sentia sense intensitat ni agudesa, d'una manera equilibrada i gairebé mecànica. Solament el movien el sol i les barques i la llum de la costa. Vell i opulent, uniforme i vulgar com una taca, en ell s'extingia l'antiga i noble família dels Pastor.

—Fent la caminada?

—Sí, com sempre.

Parlava amb tota la gent de mar.

—Porta'm pagells, si en trobes.

Més avall:

—Res de nou, Quelot?

—Fem tard per culpa de l'Esteve, que és un cançoner.

El tocatardà s'atansava caminant de pressa. Saludà, respectuós, el cavaller de Pastor. Que havia estat malalt, que no el veia de feia temps? Però no devia ser pas així, amb el seu aspecte. Els anys no li passaven. I ara que ho recordava: la padrina li havia dit que busqués el senyor Vicenç, que l'esperava.

Varaven la barca.

—Sort.

El vell feia memòria. Avui, dijous? Quin cap, el seu. Era possible que no hi hagués pensat? Però Teresa li ho perdonaria. S'aixoplugava tots els dijous de l'any a casa de Teresa, la casa dels Vallalta, que era com si fos la seva. Esperava l'hora de la visita acostumada i comptava d'un dia a l'altre els moments que faltaven, però afectava d'oblidar-se'n cada dijous i Teresa li ho havia de recordar. Era un joc innocent, un tàcit acord establert entre ells dos, que afegia un nou encant a l'amistat i a la conversa de la «Fragata». Ella era la qui el cridava, ella, Teresa, la companya de quan eren infants, la dona que va estimar de jove, germana en la davallada. L'únic punt subtil i enlairat en el seu pensament d'home mediocre. La va estimar amb devoció, com una de les seves quimeres inassequibles. Un amor contemplatiu, que mai no esclatà ni va ser confessat. Un amor que Teresa sacrificà pel d'un altre home, aquell estrafolari i romàntic Frank, que el cavaller de Pastor havia conegut a Toscana. Ell havia acompanyat en un viatge els Vallalta, i Frank els anà a trobar a Florència. Com varen canviar els ulls de Teresa! Tant, que sentí gelosia i, per primera vegada, es tombà per no veure'ls.

Frank, Florència, uns noms perduts en el temps. Tardes toscanes de Fiésole, el mirador abocat a la planura que l'Arno fertilitza. Oliveres i xiprers, boscos acariciats per l'oreig de la mar pisana, aquella mar que sembla que s'endevini cap a ponent. Selves del Casentino i del Senario, avets de Vallombrosa. El campanar dels franciscans convocava a l'oració del capvespre, i la pau del blanc convent que amaga dins el seu recinte la cel·la de Bernardí de Siena baixava com una gràcia fins a les valls de cendra, fins a les masies solitàries, fins als turons coronats amb el vellut de la boira, fins a les pedres cansades d'història. La pau planava damunt la vila i s'engrandia amb el silenci del camp. La posta de sol daurava les herbes i la terra remoguda per la llaurada. Hi havia ric-ric de grills en la pau dels terrossos. Algunes parelles de bous retornaven a l'escalfor de l'establa. Les rodes d'unes calmoses carretes grinyolaven pels camins.

Escoltant la pau de la tarda, els viatgers s'havien perdut en un indret cap al Giobi, vora un petit riu. La pregària mariana els anà a cercar allí, i el so els conduïa a les portes de la catedral. Un canonge amable, de mans grasses i paraula eloqüent, s'oferí a guiar-los. Varen recórrer amb ell tota la pau de les capelles mig fosques. La veu del canonge s'abrivava davant un retaule, davant un quadre, davant un marbre, i feia ressaltar la pulcritud d'un detall, la filigrana d'una reixa, la riquesa d'una joia. Pau arreu, pau profunda. Unes dones resaven a un Crist que dormia en la pau. El canonge assenyalava un monument funerari.

—Di Mino.

Era el sepulcre del bisbe Leonardo Salutati. Enèrgic

cap, perfil dominador i autoritari. El capità Vallalta s'exaltava:

—Quin home que devia ser, quin home!

Protegits per l'ombra imaginària, inexistent, del sarcòfag, Teresa i Frank es besaven en pau. Mirant-los, discret i comprensiu, el canonge somreia.

Toscana, Frank: un amor esbravat, un seguit de dolors. Imprevista, la virada, la fallida sentimental. Frank va desaparèixer, i Teresa ja no l'anomenà. Abans, riallera, expansiva, generosa. Després, abstreta, trista, dura. Però per a en Vicenç de Pastor seguia essent la mateixa Teresa de les tardes de Fiésole.

—Em pensava que no vindria.

El vell senyor havia trucat al cancell dels Vallalta.

—Hi ha sols mossèn Gaspar.

La neboda el conduïa fins al saló de Teresa. Enfarfec isabelí, mobles molt triats, cadires entapissades de seda roja, miralls, cortinatges, còpies de Rafael i Murillo, daguerreotips i un piano.

Mossèn Gaspar s'atansava a rebre el vell cavaller, i la «Fragata» li assignava lloc.

Tertúlies dels Vallalta, tertúlies del dinou, entorn de la xicra de xocolata. Reunions fàcils, d'un to banal i discret. Confessions a mitja veu. Sabor arcaic de les festes del capità, mil cop contades i renovades per la seva fantasia. Lliure exposició d'idees. Molt freqüentada la tertúlia en vida del pare, Teresa imprimí a la tradició familiar el segell de seu temperament i reduí de mica en mica les reunions a la companyia habitual d'en Vicenç i del rector.

S'havien assegut i començaven a parlar pausadament. Comentaven amb polidesa, com tots els dijous de l'any, els fets quotidians, la petita vida del poble.

—Està més desconsolat que mai. Li costarà de referse, pobre Fonoses.

El cavaller es distreia. Olorava.

—Roses. Per què tantes roses damunt el piano?

Teresa el renyà. Que no ho recordava? Avui feia anys que Chopin l'havia tocat. El rector en volia detalls i pregava que ho contessin.

Teresa i el cavaller evocaven plegats. Quaranta anys enrera, Chopin va venir de Mallorca, amb la senyora Dudevant i els fills d'aquesta. Aurora coneixia el capità Vallalta, de París, on varen ser presentats a casa de Delfina Girardin. Ella mateixa li notificà l'estada a Mallorca i li va prometre de visitar-lo a la tornada.

—La Sand era una dona una mica grossa. Parlava molt. Chopin, en canvi, callava i tossia.

La tarda de l'arribada, el capità va dur Aurora a la «Pietat». Chopin es va haver de ficar al llit, a reposar de la fatiga del viatge. Teresa es quedà per tenir cura de l'hoste. Al vespre, Chopin es llevà i es posà al piano, aquest Pleyel, comprat de feia poc. Les mans del músic premien amb suavitat les tecles i lluitaven per arrencar l'obra en gestació a l'audició interna. Chopin patia. I quan intentava traduir la inspiració en harmonia sensible, fracassava tot sovint i recomençava aleshores fins a esgotar-se. Més tard, a la nit, els tertulians varen creure, davant la facilitat de l'execució, que improvisava, però Teresa havia vist i sabia tot el seu esforç.

I ningú més, d'ençà d'ell, no havia tocat el piano. Per a profanar-lo? Teresa no ho permetia. I canvià el tema de la conversa, mentre Paulina entrava amb llums. A fora llampegava.

XVII. La pesta

El rodamón s'havia ajagut aquella nit al sec coixí d'herbes i fulles d'un marge, i li va venir la son mentre pensava en el pa, que per a ell sempre va ser difícil d'aconseguir, i en la duresa de caminar sense el consol d'unes veus amigues, en una llarga peregrinació per les portes tot sovint sense caritat, on desitjaven que Déu l'emparés, que no el podien socórrer. Però no s'oblidaven mai de donar-li el tractament de germà. I si algú de tard en tard l'auxiliava, el vagabund ho havia d'agrair remugueјant pregàries.

De les vinyes prenia raïms, algun aulet el protegia potser del sol, amb fruites mig madures calmava a vegades la fam, l'aigua d'una font li apagava la set. Però prou sabia que totes aquestes coses i aquests béns eren dels altres. Foraster arreu, mandrejà i s'arrossegà per masies i veïnats, fins que la vellesa li ulcerà les cames i li inflà d'hidropesia el ventre.

No tenia nom ni havia conegut els pares. Tant podia haver nascut en un racó de rial com en algun clot de sorra de qualsevol platja. Dels seus primers anys recordava una dona que bevia i l'apallissava, un terrible home amb la pell foradada de fístules i un ase infeliç i coix. La petita bèstia es morí, i les altres ombres varen desaparèixer, i el noiet es quedà sol.

De gran havia captat i també robat. Un dia se li ajuntà una companya cega i mig beneita, però manyaga. La dona aprenia cançons i les gemegava als portals i a les places. Aviat la companya esperà un fill d'ells dos, un fill que no havia de veure. Una caiguda de tarda, mentre la feixuga dona s'endormiscava, el rodamón l'abandonà, cansat d'ella. Els crits de l'enganyada esquinçaren el silenci del capvespre i arribaren fins a l'home, que corria rost avall tapant-se les orelles per no sentir-los.

No els volia sentir i encara li ressonaven. Què havia fet? Perquè l'orba li va pertànyer, i la traí. I per sempre més, al llarg de la seva increïble vida de cromo convencional (però tot era en ell estranyament verídic), l'esglaià la memòria d'unes ninetes llises.

El rodamón es despertà quan el sol ja era alt. Les abelles passaven properes a l'home i el varen desvetllar. El vagabund s'alçà i anà caminant per una estreta collada. A sota, ran de la mar, hi havia un poble.

Davant les cases que començaven un carrer, uns vailets feien córrer baletes per la terra endurida de les pluges. El rodamón els va mirar i va pensar una mica, d'esma, en el fill, aquell de la dona cega. De segur que, si vivia, ara seria com aquells nens, més gran i tot, perquè d'allò feia molt de temps.

Els necessitava de sobte i els va cridar. Els va cridar perquè necessitava companyia. No va reconèixer la pròpia veu, tan ronca i forta resultà. Els brivalls fugien espantats i s'oblidaven de les bales. El vagabund s'ajupí a recollir-les, i les mans, de pell freda i cianòtica, no tenien tacte. Tentinejava, amb les cames adolorides de rampes. Queia.

Varen passar unes quantes hores. Sentia veus, però ja no les entenia. Què li estaven dient, que Déu l'emparés? Ell només volia l'ajuda, la proximitat d'algú.

Unes nines fixes, sense vida, el sotjaven. I ell ja no veia res més que aquells ulls.

Parlava fregant-se les mans, amb un posat de tant-se-me'n-dóna i una cantarella d'ofici solemne. Avui n'havien enterrats sis, entre albats i cossos, i ahir tres. En portaven ja més de quaranta. I semblava que la dona de cal Samaire i el Vador de la Governadora estaven a punt de fer dòmino.

L'altre l'interrompia per afalagar-lo. Ell, vinga obrir forats i fer caixes: fins les pestes li duien sort. El fuster-enterramorts alçà uns ulls clements al cel. Oh, que pensés com era de gros el risc que corria! El company va riure:

—Vejam si al capdavall la dinyes.

—Que sempre es faci la voluntat de Déu.

El còlera tenallava el poble. Arreu fumarades de sofre amb tuf de lluquet i creus roges als portals de les cases empestades. A totes les cares el terror d'un dubte: «He de caure també jo?» Cadascú creia notar-se tothora els senyals fatídics, i la histèria i el còlera es donaven les mans. Les famílies es dividien, uns als altres es guaitaven amb recel. Atenta a la pròpia conservació, la gent evitava amb pànic el més petit contacte, parlava poc, no menjava, no reia i s'esfereïa de tota remor. Xafogor, vent, pluja. A l'església hi havia novenes a totes les capelles, i la por es revestia d'una pietat interessada. Un tenia fe en sant Roc, un altre confiava en la Mare de Déu del Remei. Un tercer es refiava de la del Carme o de santa Rita, patrona dels impossibles. La vella Caterina cremava una unça de cera a sant Sebastià.

L'epidèmia avançava i no respectava classes ni categories. El metge, un home benintencionat i brut, expressava una prudent desesperança de fatalista. El còlera va venir de sobte. El rodamón que el portà s'havia mort enmig de la pols i d'unes inútils mirades de llàstima. A la matinada següent, la pesta a la vila, on feia tres setmanes que durava. Qui sap? Potser una bufada la menaria lluny, i desapareixeria tal com va venir.

Les vides queien com fullaraca. En poques hores, el Vador de la Governadora i la Marieta de cal Samaire. Eren cosins i havien jugat plegats al mateix bressol de cel i de platja. Varen créixer junts i sense mai dir-s'ho s'havien estimat. Ara els havien enterrats l'un al costat de l'altra, perquè eren de família i es fessin així companyia. Es podrien entretenir, certus, en el bescanvi dels cucs.

Unes paletades. La terra colgava les fustes.

—Diuen que ell veia una boca?

—Barbalés.

—El cas és que es va convertir.

L'altre enterramorts se'n reia:

—Hauria pogut ser més valent, l'animal. Perquè ja ho deia en Prim: o faixa o caixa, o temporal o moros.

—I el marrec de la Laia?

—Al canyet. En canvi, ella ja es lleva. I que no sabies que mossèn Gaspar també és al pot?

Sí, era cert, i havien deixat el rector al llit, ben sol, xop de l'última suor. Mossèn Gaspar es moria, i ara més que mai el turmentava l'enyorança del camp, on ja no aniria. El capellà repassava les imatges que plaïen a ell i a Horaci. La riera mullaria l'herba dels prats, el torrent esfondraria cledes i marjades, l'arada rompria la terra en fèrtils terrossos, i ell no ho veuria. Ell no ho veuria, i tant que ho demanà. On era, doncs, la prometença de justícia? El rector dubtava. S'havia equivocat, potser treballà poc, no va tenir prou cura de les ànimes que li varen ser encomanades? Mossèn Gaspar es desesperava. Ell exigia justícia i es presentava a la Justícia nu, petit, indigne com un gos. Havia volgut pa de justícia, i el pa es dóna als fills, no als gossos. Havia potser pecat per excés d'orgull i de confiança i ara es mereixia el càstig.

Però aquella dona de les mars de Tir havia dit que els cadells de ca mengen sota la taula les engrunes que cauen als fills. I el Crist havia acollit els mots agradosament. Crist, enigma nostre, li seria permès de rosegar un bocí?

Sols un bocí, Senyor Jesús, i la seva fam quedaria aquietada.

Tenia les parpelles com lloses i les orelles sordes, el cos se li estremia en l'últim sotrac. I l'esperit se li aclarí aleshores, amb una lliçó del poeta amable: la culpa de tot la tenia l'ànim, que mai no aprenia a fugir d'ell mateix. I el pensament de mossèn Gaspar es calmà, i el cap reposava, ja lliure.

Una rata-pinyada sortí de l'amagatall d'una biga i volava a frec del front asserenat del cadàver.

XVIII. Camins

Després de renyar la neboda, sopà aquell vespre amb gana, anà aviat al llit i s'adormí sense cabòries. A l'alcova, una llàntia cremava damunt una calaixera i il·luminava amb feblesa una estampa de sant Sebastià. El son de la vella senyora era tranquil.

A la cambra veïna, la geperuda s'encomanava sense profit a les ànimes perquè els ulls es cloguessin. Dèbil i esguerrada, òrfena des de petita, recollida per la rica tia, no va poder saltar o córrer com les companyes, mai no va aprendre a jugar ni a riure. Només en somnis era com les altres, i a penes si dormia. Ara, de gran, estimava l'Esteve i pensava sempre en ell, però ni el dimoni no li adobaria la pròpia lletgesa. Sense escapatòria, es compadia amb tot de detalls mesquins que li estimulaven un plor grotesc.

Mentrestant, la respiració de la vella s'havia de sobte alterat. El front li perlejava de suor, i taques moradenques li marcaven la cara. Desvetllada, provava d'alçar-se i es preguntava amb por què tenia. Reia, volent-se aquietar, i el riure ressonà per l'alcova amb soroll de buit. La senyora se l'escoltava i reaccionà contra ell, espantada del so hipòcrita i desplaent. Enyorava el seu, el veritable dels bons dies, i no el trobà. El cor havia emprès una desenfrenada cursa i li bategava dolorosament al pit. La vella senyora cridava amb una queixa humil, perquè sabia que es moria, que es moria sense remei. Tornà a cridar, i aquest cop Paulina la sentí. La geperuda va encendre el llum i es llevà, mentre un rellotge tocava hores al saló distant. Ja al costat de la tia, Paulina observà amb deteniment el rostre de la malalta. Déu meu, si estava ennegrida per la pesta! La noia fugia amb gran esglai i rodolava escales avall cap al carrer.

Una ranera pujava de la gola de Teresa i es convertia als llavis en escuma. Les forces de la vella defallien, però ella es rebel·lava contra la mort. Esguardà amb rancúnia l'estampa de sant Sebastià. De res no li serví, ni es podia tampoc refiar ara d'heretats i d'unces. S'endinsà en la intimitat de la seva ànima, resseguí la seva vida. Ella, la filla del capità Vallalta, havia de morir abandonada com una qualsevol? Tot seguiria igual quan ella es podrís? Renunciava al seu orgull de senyora, l'orgull d'un llinatge d'aventurers i pirates, i es perdia en el desvari, per l'Adriàtica, pel mar de les Antilles, per la Bàltica, pels camins de les ones en una fantasmagòrica «Panxita», per sumptuoses porcellanes de Trieste, pel ritme de les havaneres i de la rumba negra, pels enormes ponts de vint-i-quatre fragates ancorades al moll de Weixelmünde. I una d'elles és la de Frank. Per carrerons fangosos varen anar a la Frauenkirche i havien vist el «Judici Final». I sota el campanar de la Casa de la Vila es varen dir que s'estimaven. Ai, Frank, allunyat enllà dels camins que la «Panxita» coneix! Si Frank hagués parlat a temps, si Frank hagués volgut, el destí d'ells dos hauria estat ben diferent. I hi hauria avui unes altres imatges a les nines envidriades de Teresa.

La neboda havia passat el cancell i s'afanyava pel carrer cercant auxili. S'obrien algunes finestres, i veus li preguntaven el nom de qui havia deixat morint-se. La noia s'enfurismava. Tanta era la por, que no la coneixien? Era Paulina Vallalta, i la tia havia agafat la pesta. Però ningú no s'arriscava, per la gran basarda, i de mica en mica totes les finestres es tornaven a ajustar.

La desemparança de la nit queia damunt la geperuda. On aniria ara? A casa, amb el cos inflat de la vella, de cap manera. Repetia amb ploricó:

—On aniré?

Passava per davant de la casa de Laia. I si trucava? La Laia ja havia tingut el còlera i, d'altra banda, era tan valenta! Es decidia a implorar l'ajut de Laia, la qual li va respondre a l'acte. Déu meu, també la senyora Teresa? Que Paulina l'esperés, que ella baixava de seguida.

Ja sortia, i l'altra la va seguir com un gos. Es paraven davant el portal dels Vallalta.

—Aniré a buscar el senyor vicari.

Laia entrava sola i pujà al dormitori de la «Fragata». Allí una ombra li sortí al pas. Era l'Esteve, que també hi havia acudit, ben inútilment, però, perquè la padrina ja era morta.

El primer raig de sol penetrava a l'habitació, la llum de la llàntia feia pampallugues. L'Esteve contemplava Laia. Com la malura l'havia amagrida, que estava pàllida! I ell, sense veure-la en tant de temps, com havia patit!

L'abraçava. Sentien damunt d'ells la fixa mirada del cadàver. Laia s'estremí:

—Tanca-li els ulls.

La Caterina, la Coixa Fita i la Narcisa Mus amortallaven la senyora Teresa Vallalta. Mentre la vestien, les velles passaven amb calma el rosari. La Caterina va dir:

—No li ha valgut la protecció de sant Sebastià, i això que jo mateixa li havia regalat aquesta estampeta. Encara que el metge ha dit que l'ha matada el cor.

La Coixa Fita reia. Però si de cor no n'havia tingut mai! Ara, que de senyora sí que n'era. Havia rodat molt de món i sabia moltes coses, que Déu la perdonés. Bé, ja estava endreçada i abillada del tot, amb excepció de la mantellina.

Regiraven pels calaixos i no la trobaven. De sobte, la Caterina llançà un crit de sorpresa. Què era allò, el retrat d'un gavatx? Els cabells rossos potser eren d'aquell home? Les velles s'esvalotaven. Oh, sota la petita pintura hi havia un nom estranger, no un nom cristià d'aquestes terres! La Coixa Fita judicava:

—Deu haver estat un d'amagatotis.

Les altres assentien. Sí, devia haver estat un d'ama gatotis. I ella ho portà ben secret, tothora tan virtuosa i altiva. Sí, els de la vida eren uns estranys camins.

XIX. Després

Les veus poderoses de l'orgue bruelaven la fi i la desfeta de les humanes misèries i elevaven un cant de dolor a la inconeguda misericòrdia. Retrunyien i s'escampaven per la nau sense llum els clams del dia de les venjances, uns clams d'una bàrbara santedat. La tenebra trontollava, i uns mots terribles acompanyaven com una calamarsada de malediccions i prometences de càstigs la ira de l'orgue i glaçaven les pregàries dels fidels. Després la tempesta s'amansia i s'arrossegava per les lloses humides, com un ca ajupit pel fuet. Ara es convertia en gemec frèvol, en l'enyorança de felicitats que no seran ja renovades. Era el plor damunt les runes de la nostra carn, concreta en el mal i en el bé, tan menyspreada i tan estimada sempre, en el plaer i en el sofriment, en la mort i més enllà, en la transformació del sepulcre, en la lenta destrucció del podrir-se. I un cop el cos està consumit, l'amor a la carn es perpetua en l'esperança de la resurrecció. I l'anhel aferrat esdevé dogma.

Un baf de quietud de tomba s'estenia per tots els racons i deixava a la pell esgarrifances de basarda. Les parets estaven cobertes amb draps i domassos negres, d'ombres malastrugues que prenien fantasmagòriques formes. El fum de l'encens ascendia en anelles i s'entortolligava en l'or i en la fusta dels retaules. La cera dels canelobres s'aprimava i encatifava el sòl amb un teixit de gotes llardoses, com de suor. Arribat l'ofertori, tremolaven corrues de candeles i desfilaven porugament, en silenci. El bramul es despertava amb renovada empenta. L'orgue grinyolava paraules desesperades que estremien les vestidures dels sants de l'altar major, uns sants fins, uns sants barrocs i pàl·lids. Movien el cap amb lentitud i es miraven els uns als altres, plens de tedi, i dissimulaven un badall d'una elegant fatiga. Somreien i s'ensopien a les fornícules en penombra, enfastidits d'una música que no entenien. Els presidia l'apòstol sant Pau, un sant Pau cortès, tolerant i savi com un cardenal d'Itàlia, un sant Pau no caigut al camí de Damasc. Portava la barba molt ben arrissada i agafava l'espasa sense gaire cura. No era l'espasa de les epístoles, brandant de fe i d'amor per un Déu justicier, sinó una arma de duels de cantonades, una eina de picardies. L'apòstol aclucava els ulls enriolats i s'abrigava amb la capa a l'antiga espanyola, una llarga capa encobridora de disbauxes i raptes. Aplegats a l'entorn, l'acataven els companys de la prèdica aspra, els altres grans escollits: uns rostres de pescadors d'un Genesaret de pessebre.

Altar farcit d'imatges, alts relleus. Escenes ingènues de la visitació, del naixement, de l'adoració dels pastors, de la triple ofrena dels reis. Estampes heroiques del vell Israel. Processó de màrtirs, de guerrers, de penitents, de confessors, de pontífexs, tots d'una íntima i escollida beatitud. Al cim d'aquesta vida benaurada, entre l'esclat de núvols i milícies angèliques, l'assumpció de santa Maria, plena de glòria. Més enlaire, l'esquena adaptada a la corba de la volta del temple, el Creador beneïa la Verge.

Enlloc la severa silueta del Crist agonitzant. Era el triomf de l'alegria de l'Església enfront del tràgic culte del Crucificat, l'exaltació de les lletanies i lloances hiperdúliques damunt la sòbria narració de l'Evangeli. Era el símbol de la salut assolida, del premi darrera el patiment de les hores amargues, de la pau ja deslligada de les angúnies del pecat i de la temença de damnació. Era l'obra madurada del Verb, el prodigi de la redempció acomplida, el perdó atorgat pels mereixements del Fill i per la gràcia del nostre Pare, que és al cel.

L'orgue esbufegava i ara subratllava la fórmula de la Comunió. En l'atmosfera viciada surava com una boira, una bovor espessa. Funerals de la «Fragata». Assistien a la solemnitat el poble en pes i una gernació forastera, vinguda de tots els indrets de la plana i de la muntanya. Les dones es bellugaven sota les caputxes, i es renovava sovint una remor de faldilles encartonades que s'aixafinaven en asseure's. Oficiava el rector nou: bru, acanyat, d'una remota aparença d'apagallums. Tenia l'esguard bondadós i la boca mortificada, com si s'ofegués en respirar. L'austera figura s'arronsava en la unció de les genuflexions, i els feligresos comentaven:

—És ben camaprim.

—Fa un cruix d'ossos que sembla que es trenqui.

Reien. Era una riota sense motiu, una reacció instintiva, una compensació de l'espaordiment passat. El riure els afermava a la vida, els retornava a la carícia del sol, a la tendresa del camp i dels sembrats, al quotidià contacte del vent i de l'aigua. La pesta havia abandonat la comarca, i l'horrorosa realitat de la devastació s'afeblia com un malson a la memòria dels homes. Havien vençut la malura, i cadascú sentia el gaudi de la pròpia conservació després de la lluita, el goig infantil i egoista del perill salvat, de poder contar-ho, d'haver sobreviscut al flagell. L'havia allunyat el pelegrí sant Roc, la seva intercessió va ser la valedora. Una nova aliança era establerta entre el sant i els seus devots, i renaixia després d'uns llargs anys d'oblit la confiança del poble. Era evident que tot ho aconseguia i que no negava res si li ho demanaven. Entronitzat en la blancor de l'ermita, les parpelles entrebadades, el taumaturg acollia amb benevolència les oracions dels agraïts.

Els funerals finien. Dels llavis de la multitud, un alè de cansament. L'aire enxubat es feia irrespirable. Enmig de la gentada, Laia. La ullaven amb aversió.

—La marfuga no va poder amb ella.

—Sí, aquesta és de carcanada dura.

L'aïllaven. La contemplaven ara com estranyats de reveure-la, quan ja s'havien acostumat a donar-la per morta. Laia es redreçava amb rancúnia contra el cercle de buidor que l'envoltava, a ella, esclafada per un destí advers que li ho arrabassà tot, fins el fill. I ningú no la va compadir, ningú no l'ajudà a la recerca d'un consol, a satisfer el seu desig d'una existència neta, el confús desig de recomençar, de ser ella, simplement, una dona. Descansar. Descansar? Un pressentiment la dominava, un pressentiment de fracàs. No, aquí i amb ell no, impossible. Ell, que la turmentava i sospitava d'ella i de l'Esteve. Laia havia llegit l'amenaça en la mirada de l'home i l'havia temut. Descansar? Amagar-se, fugir. I com? Això la salvaria, guanyaria a la fi la calma? No, mentre aquest home visqués, ella no s'alçaria, amorrada a la pols mentre aquest home visqués.

Una bravada. Ell, prop seu, a un pas. Laia temia que l'home li endevinés la dèria. Abaixà la vista, mentre un subtil pensament li rondava pel cervell.

—Si desapareixia...

L'orgue havia emmudit, i el rector enllestí l'absolta. Hi va haver una fressa com d'aixec de perdius. Els creients anaven sortint, tot senyant-se, i s'arremolinaven esperant el pas del dol.

—Senyora Paulina!

Les dones, les mateixes dones que menyspreaven ahir la geperuda, l'abraçaven i la festejaven, adelerades a captar la voluntat de la rica hereva.

—Figuri's si ho he sentit.

—No m'era res, i n'he tingut un disgust com si m'hagués estat parenta.

Doloretes Bòtil, d'una grotesca cara botirona, alaferida, arrufà dramàticament les celles:

—Una mare, per a mi, una mare!

Les campanes tocaven a migdia. A l'altar, semblava com si els sants s'haguessin desvetllat, revifats pel so que pujava i es perdia en l'airecel. A la nau abandonada, redòssat a una pilastra, el cavaller de Pastor mormolava:

—Avui, dijous.

Avui ja no tenia Teresa per a recordar-li-ho. Avui, sense barques, sense mar, sense Teresa. Avui, dijous.

S'obrí una porta. El sagristà trastejava i endreçava els ornaments litúrgics. El vell senyor s'agenollà.

XX. Siluetes

S'espantava de pensar en el crim, però el ressò de les paraules de la dona li enterbolia l'esperit. Laia estava cansada de tot això, no era viure. Calia la desaparició de l'altre, assegurava, per mil raons i sobretot perquè desitjava alliberar-se d'aquella història. D'altra banda, el marit ara sospitava perillosament.

—Em mira com si m'escorcollés, els ulls li punxen.

L'Esteve es va estremir.

—També els teus.

Laia havia aleshores rigut, i després hi va haver un fals i estrany silenci. Eren dues siluetes allargassades en la complicitat i el desordre de la cambra.

Avui l'Esteve entrà d'esma a la taverna. Les paraules de la dona rodolaven, desvetllades, pel cervell, amb un persistent martelleig d'idea fixa. En un racó de la botiga hi havia en Quelot, i l'Esteve reculava en veure'l. El tenia allí, al davant, les parpelles closes, fent-se l'adormit, és clar, perquè el vigilava. I per la fantasia de l'Esteve desfilaven de sobte visions de malson. Es contemplava abraonant el company, per matar-lo, en un impuls d'autòmat, com enmig de boires, obeint ordres d'una voluntat llunyana. I Laia, un cop lliure, el premiaria acomiadant-lo. Buscava el refugi d'una taula. El Sacerdot servia el vi i el ponderava.

—Mam nou: fi que talla.

—Fes-me'n més bona mesura.

El greix del taverner es partia en una profusió de ganyotes. Aquella vinassa de mèrit l'escaldaria com un gat, que anés amb compte. Ensofrava el ventrell i en un dir Jesús t'encapotava.

—Si és lleixiu del pou, aigua clara!

El Sacerdot s'esvalotava davant el descrèdit, i els parroquians s'engrescaven, a les envistes d'una batussa. L'Esteve s'enfurismava:

—Calleu.

Callarien si volien, mi-te'l. Bé, què li passava, que no aguantava ni una broma? Trencacolls de piltre, potser? Que resistís els seus tràngols, doncs, i que no s'empipés per tan poca cosa.

Se'n desinteressaven a la fi i reprenien la beguda. El Sacerdot s'allunyava remugant paraulotes. Hi va haver de sobte un xivarri de cadires caigudes i vidres trencats. En Cebrià havia descobert una trampa d'en Ventura i li subjectava amb força un braç. El sagristà esgüellava com un ratolí enxarpat.

—Deixa'm, me'l trenques.

Relliscà una carta, i tots ahucaven el brivall. Quin porc, com patollava en les patotes! En Cebrià s'escopia el palmell lliure i apallissava sense pietat l'enemic. En Ventura es desempallegava de la grapa i fugia a través de la nit, sota les estrelles. Els altres l'encalçaven, i eren unes grotesques siluetes a la claror de la lluna.

L'Esteve sortí el darrer i caminava amb neguit. Al tombant d'una cantonada se li mostrava la badia, freda, blanca, com de plata. A la platja, perseguidors i fugitiu corrien en processó, saltant pels clots de la sorra, i elevaven al cel la inquietud d'uns gestos descompassats de putxinel·lis. Atrapaven el sagristà i el llançaven a l'aigua. Clam espaordidor d'en Ventura. Els homes celebraven el càstig, i els bruels arribaven fins a l'Esteve, però ell ni els sentia, sota el domini de la seva dèria. Una mica després, els botxins treien del bany el cos inert del sagristà. El descordaven i procedien a llevar-li la roba. De la llengua li regalimava sang, però suposaven que ara no faria l'ànec, ep! De tota manera, quina mena de fesomia, la d'en Ventura, a tall d'esbaconat, diantre! Acusaven en Cebrià d'haver-se excedit en el puniment: gràcies a ell, se les haurien potser amb la justícia.

—Jo no hi era, anem.

En Cebrià els aturava. Que no s'exaltessin, que no haurien de prendre encara, per pega, la mida del sagristà per a la caixa. Que no notaven que ja s'eixorivia? Tot plegat, només, l'engruna d'esglai i la gelor de l'aigua. Els homes es tranquil·litzaven i reien:

—Una bona esbaldida ja li convenia.

I se'n tornaven, atitellats, cap a la taverna. L'Esteve se n'anava també de la platja i pujà per un carrer. Des de la reixa dels Vallalta, Paulina el cridà. Que ja no la coneixia? No la venia a veure mai, què li passava? En canvi, ella era sempre la mateixa, volia que això li constés. I posava èmfasi en l'afirmació i en la repetició voluntària dels mots.

Cercava l'afalac i la confidència, però la conversa entre ells dos esdevenia impossible. L'Esteve s'acomiadava de seguida, respectuós i enfastidit, i la geperuda esguardà com la silueta de l'home s'esborrava pujada amunt. Si ell no la podia estimar, de què li servien els béns heretats, els diners dels Vallalta? S'ho preguntava ploriquejant i abaixava la persiana de rera la reixa, mentre l'Esteve trescava pel carrer, capficat tothora pel seu mal propòsit: calia que, un dia o un altre, aquell no tornés.

Un núvol començava a rovellar el disc resplendent de la lluna.

XXI. El xaloc

Es clapejaven de neu les muntanyes llunyanes, cada matí la plana es cobria de gebre. Aquest any la tardor era crua. Bufaven freds vents de llevant, i el temps es mantenia insegur durant setmanes i degenerava en grossos temporals. Les barques no eren varades. Xaloc i migjorn feien perillosa la navegació, i des de la badia els pescadors comentaven els senyals contraris. Una mala anyada de pesca i de collites, fins quan haurien d'estar amb les mans plegades? Fumaven les llargues pipes, estoics, impassibles, avars de paraules. Passaven en silenci les hores mirant el mar, que se'ls mostrava ara enemic. No sabien com s'ho farien, si això continuava. Ho deien indiferents en aparença, però els punys es cloïen amb ràbia. A les llars escassejava el pa. Mai no s'havia vist una durada de temperis tan llarga, de què viurien? Les dones s'exclamaven que tots els caixons eren buits i que no tenien ni blat de moro per a l'aviram. Encara es veien demanant caritat, es desconsolaven. Ja no podien més, amb tantes boques de quitxalla, amb una vida tan trista. Preguntaven als homes:

—Tampoc avui?

—No.

Insistien:

—I avui?

—Potser demà.

Cap a la matinada d'aquell dia, el mar estava tranquil, semblava com si el cel s'aclarís. A la platja, els homes s'afanyaven. El temps era bord i tant de bo que es mantingués així fins al vespre. El vell Vilà aconsellava que no sortissin, que trobarien temporal. Tanmateix, què havien de fer? No podien pas pescar amb nyinya o amb hams de mitja mosca. A l'areny, fitores, dofineres, ganxos, xufanqueres, nanses, sardinals, peces de mussola, cordes. El vell Vilà repetia que es quedessin. Dubtaven:

—Què fem?

—Va, va, endavant.

Les barques ja lliscaven mar endins, però el vell Vilà continuava malfiant-se: li semblava que no tornarien tan contents. Mentre partien les últimes embarcacions, uns nois convencien un home, el pare, que es quedés a terra. Estava malalt, i ells tots sols s'arreglarien més bé.

—Adéu-siau.

Els rems s'enfonsaven dins l'aigua. El pare, un homenàs refiat i calçasses, els acomiadava somrient. Una ombra de por li passà per la mirada. Es tombà a l'avi Pau.

—Ja veieu, Vilà, com ara els fills ens manen.

—Ara? Ara i sempre, sí, en tots els temps.

I se'n tornaven, molt amics, cap al poble. Mentrestant, les barques es fonien, totes juntes, en l'horitzó i de mica en mica s'anaven separant. Els patrons es desitjaven bona sort i ordenaven que es calessin els ormeigs, ormeigs de jonc i murtra, ormeigs de malla. Assenyalaven amb galls i trincoles els llocs on quedaven els arts de pescar. No veurien el sol, no era fàcil que s'alcés, però s'animaven, perquè per ara no era una mala feina.

El mar, fins ara quiet, es començava a enfuriar. Algunes barques retiraven les xarxes i iniciaven el retorn, perquè era ben possible que bufés el xaloc. Les ones s'engrossien, i la bromera salada mullava els pescadors. Els homes empal·lidien. Se'n preparava una de forta, i no esperarien més, se n'havien de tornar.

En un moment tot canviava. El vent es desfermà, i una espessa boira s'estenia per damunt de muntanyes d'escuma. Veus i crits advertien el perill de remolins i roques, demanaven auxili:

—A la dreta, compte, no us esventreu.

—Tant se val, no amorrarem enlloc.

Les fustes saltaven en estelles, i el mar engolia els bastiments més petits.

Xop, la carn blavosa de fred, l'Esteve espiava l'altre, amb una sensació de mareig i de profunda angúnia. La dèria el burxava sense repòs. Ara que en Quelot li donava l'esquena, sols una empenta, un cop ràpid... Gosaria? S'esglaià, perquè va comprendre que no l'odiava, que gairebé el compadia. Era el seu company, el coneixia des de sempre. Va cloure les parpelles. No, no ho faria mai. Es volia convèncer d'aquesta impossibilitat, s'ho repetia, però deixava de sobte els rems i s'aixecà. Desitjava acabar, enllestir d'un cop, de qualsevol manera.

—Què et passa, que t'has tornat boig? Mira que bolquem, asseu-te.

L'Esteve salvava els obstacles amb lleugeresa i avançava contra l'altre, però a mig camí se l'enduia una onada. Com un ninot va surar per un moment i es va perdre de seguida en les fondàries, entre el bramul eixordador de la tempesta. El mar s'obria en abismes i s'inflava en ventres hidròpics. La costa apareixia com una franja negrosa. Tan a prop com era, i els nàufrags no la podien aconseguir. D'aquesta no en sortirien, mai més no arribarien a la badia. L'aigua empenyia les barques cap a fora. De tant en tant, alguna quilla tombada.

A terra, amuntegada a la platja, la gent esperava. El vell Vilà movia el cap: no tornarien tan contents, l'haguessin cregut. Queia una pluja fina.

XXII. La pregària

Laia ajustà la porta i sortí. Una alenada d'aire fred la va rebre i l'obligà a recular uns quants passos. Després la dona avançà. Es perdia aviat enllà d'una cantonada i enfilà un carrer.

Carrer del Pas de Llevant, carrer de pedres cantelludes, de blanques cases, auster, cansat de l'esforç d'una eterna pujada, vell de segles. Cancells amples, eixides humils, horts pobres, parets adobades amb calç i escopinades de pluja. Xerrameca de dones, grinyol de garrins, bramar d'un ase, fortor de cort amagada. De mica en mica, el carrer s'anava estrenyent i es convertia en corredor. Les finestres veïnes bescanviaven els misteris de les cambres, i les cases s'apuntalaven les unes a les altres i s'ajudaven, xarugues, amb el feble reforç de petits arcs de maó menjats de molsa. I el carrer acabava agudament, gairebé en aresta, amb odi a la humitat i a la fosca de les pedres ennegrides.

Laia penetrava tot de cop en la llum.

Erm de les Ànimes. Mates de llet de bruixa, de fonoll, d'ortigues. Esbarzers plens de móres. Punxes de figueres de moro, de fruit roig com una ferida. Una gran creu de fusta resseca, corcada, queia en estelles, voltada de papers bruts, de cuiro podrit, de crostons rosegats, de claus, d'ossos, de parracs, de pots de llauna tacats de rovell, d'esclòvies, de pellofes. Al fons, el camí del cementiri, ofegat de pols, de xiprers i de cants d'ocells. Dominant-ho tot, el turó del Mal Temps, gris, nu de vegetació, abandonat com un cadàver. Al cim, l'ermita de sant Roc, amable, petita, sola, semblava una gavina amb les ales plegades.

A l'altra banda del turó, el mar lliure. Arribava fins a Laia el bruel de les ones rompent-se contra les roques en garlandes d'escuma i les primeres envestides del xaloc. Més amunt, el pas es feia penós, i el vent fuetejava amb violència el cos de la dona. De sobte, l'ermita s'alçava al davant, protectora, i Laia s'acollí al seu refugi.

Un ciri gotejava llàgrimes de cera i agonitzava deixant un vestigi daurat a la plaga de sant Roc, una imatge menuda, de colors llampants, riallera, d'una plàcida i devota ingenuïtat. Als seus peus, el ca llepava la nafra amb una llengua sucosa. Damunt el cap del sant, el rètol de la dedicatòria, una inscripció redactada en un barroer llatí de les darreries del disset, contava una intervenció miraculosa i la fe i la promesa d'un poble. Él sostenien i el defensaven dos grassos àngels de rialla mesella. Unes estovalles olioses, molt sargides, cobrien la mesa de l'altar. Els canelobres eren d'un llautó ennoblit amb una fina làmina de plata.

Laia s'atansà, va prendre aigua de la pica beneita i se senyava amb cura. Que sant Roc l'escoltés, que fos escoltada. Ella era petita quan li va venir el mal, tan petita que no se'n recordava, i les mofes i les injustícies la varen fer dolenta. Quina culpa era, la seva? Va tenir un fill, i se li va morir. Ara enganyava l'home, però aquesta no era una suficient compensació de tants mals tractes, ja n'estava tipa. Volia una plena reparació, aquella que sant Roc ja sabia i que li venia a recordar. A canvi, cada any tindria una llàntia encesa per la diada de la seva festa i unes estovalles noves. Que pensés que era pobra i que no li podia oferir res més. El sant prou sabia la seva voluntat i el seu desig: que el seu home no tornés avui de mar.

La flama del ciri feia pampallugues. Abans d'apagar-se, la dona va creure que la imatge li somreia. Repetia ja d'esma el prec que el seu home es negués avui a mar.

Des de la tenebra d'una capella lateral la palpaven els irats i febrosos ulls d'un esquelètic sant Jeroni agenollat en meditació davant una calavera. Laia va fugir. Ja a fora, la fúria del vent se l'emportava. Travessà el turó del Mal Temps i davallà a l'erm de les Ànimes. La fressa i el perill de la tempesta quedaven endarrera.

L'erm de les Ànimes s'estenia damunt la mar i el poble com una balconada. Laia s'aturava a mirar i fins podia destriar amb facilitat les sentors i les paraules. Els carrers s'encreuaven i semblava que es perseguien com colles de nens que juguessin a fet a amagar. Carrer dels Corders. Carrer de la Bomba, amb les botigues de roba i la fleca, d'una calenta olor de pa tendre. Carrer de la Perera. Placeta de l'Església, amb el silenci d'unes vides patrícies. Carrer d'Avall. Carrer de la Torre, amb la torratxa de defensa, revellida i ja inútil. Després, el sorral, avui ple de gent que esperava les barques. S'anava fent fosc. Les cases es reflectien al mirall en calma de les aigües de la badia.

[illegible]

[illegible] ont disparu [illegible]

[illegible]

Des deux Évêques d'une [illegible]

[illegible]

[illegible] les deux Andorres [illegible]

[illegible]

[illegible]

XXIII. Tornada

El xaloc ja amainava, s'amansia. Ara corria xisclant pels turons veïns i jugava amb les darreres fulles, ressecades pel sol de l'estiu. Les feia caure, les arrossegava per terra i se les enduia d'un lloc a l'altre. Les oblidava de seguida i reculava cap al poble. Allí entrava per les finestres, es ficava per una xemeneia, es rostia en la cremor d'unes cendres, rebotia portes, apagava llums, s'arrupia en un racó, regalimós d'aigua, i escampava espurnes de foc.

El mar s'aquietava, i les barques s'afanyaven a tornar. Evolucionaven amb les veles rissades i maniobraven sense treva, per esmorteir el xoc contrari del vent. Es distingien els colors: verd, blau, negre, mangra. Se les veia navegar amb precaució, com vencien les dificultats. Els pescadors vogaven a la cia, enfilaven freus i evitaven esculls i barres i passos perduts enmig de roques.

De mica en mica, el mar escopia les despulles de la seva presa. Arribaven desferres de quillats, sardinals, palangreres. Les barques s'anaven atansant. Una portava la quilla mig esbotzada, una altra mostrava una esquerda enorme. A moltes els faltava l'arbre, a totes els jocs de cordes i bossells. Gemecs arreu, cadascú lamentava la seva particular desgràcia. De tant en tant, la cridòria d'un marrec apallissat per la mare sense gaire motiu, per pura exasperació.

Apartada dels altres, Laia escoltava la resposta al seu desig. No, ell no se salvaria, i potser cap dels dos, millor. Què li importava al capdavall l'Esteve? Que es quedessin barrejats allí i tastessin també un mateix llit de glaç, a les fondàries del mar. I ella aniria a l'ermita de sant Roc a complir la prometença.

La queixa dels ferits emplenava l'aire. En un cantó s'arrengleraven els morts. Un home agegantat, amb els ulls gairebé fora de les òrbites, va caure cridant els noms dels fills. Palpava els cossos sense vida, baladrejava mots desesperats, ho maleïa tot. Avui no els havia acompanyats, i vet aquí com els hi lliurava la mar, i no en tenia d'altres.

El poble comptava les barques que no havien retornat: hi havia testimonis del naufragi de moltes. Segons els càlculs, podien esperar-ne encara dues, i aviat tan sols una, la d'en Quelot, i sotjaven com avançava enllà, ajupida pel fuet de l'aigua i del vent. Al cap de molta estona, la barca entrava a la badia, i en saltava un sol home, el patró. Unes veus li varen preguntar per l'Esteve, i l'arribat assenyalava vagament endins. Buscava després la Laia i l'agafava amb duresa per l'esquena. Que no li deia res? Les campanes de la parròquia tocaven a difunts, i la gent desfilava a poc a poc cap a les cases. En Quelot i la seva dona eren dels últims, dues ombres als carrers silenciosos. L'home caminava davant Laia i movia els braços com si encara remés. S'aturava de tant en tant i es recolzava, per no caure, a les parets. Estava rebentat, i la dona s'endarreria i romancejava en lloc d'ajudar-lo. Es tombà. Que no el sentia? S'estranyà en adonar-se que ella plorava.

Barcelona, octubre de 1931-març de 1932.
Últimament revisada per l'abril de 1967.

Índex